Les Filles de la Lune
Tome 2

*Dans le froid
de l'enfer*

LYNNE EWING

Les Filles de la Lune
Tome 2

Dans le froid de l'enfer

Traduit de l'anglais (États-Unis) par Emmanuel Pailler

Jeunesse

ÉDITIONS DU
ROCHER
Jean-Paul Bertrand

Titre original : *Daughters of the Moon 2. Into the cold fire.*

Tous droits de traduction, de reproduction et d'adaptation réservés pour tous pays.

© Lynne Ewing, 2000

© Éditions du Rocher, 2004, pour la traduction française

ISBN 2 268 05171 4

Prologue

Dans l'Antiquité, Hécate, déesse de la lune noire, était adorée et révérée. Les gens la considéraient comme leur protectrice contre les dangers invisibles et les créatures magiques hostiles. Tout se passa bien jusqu'à ce qu'Hadès enlève Perséphone, la déesse du printemps. Perséphone dut alors vivre dans son monde souterrain trois mois par an. Perséphone avait peur de se rendre seule au royaume des morts ; aussi, chaque année, Hécate la guidait de sa main aimante dans son voyage sur le chemin des ténèbres. Au fil du temps, Hécate devint l'assistante de Perséphone. Comme cette dernière était aussi la reine des enfers, régnant sur les morts avec son époux Hadès, le rôle protecteur d'Hécate fut bientôt déformé, et elle acquit la réputation d'une déesse-sorcière maléfique, rôdant dans la nuit à la recherche d'innocents à ensorceler, pour les entraîner vers le monde souterrain.

Aujourd'hui, seul un petit nombre d'initiés connaissent vraiment la grande déesse Hécate. Ceux-là bénéficient de sa compassion, lorsqu'ils sont perdus dans le royaume du mal. Certains reçoivent d'elle une clé.

Chapitre 1

Tout en haut de la falaise, Séréna Killingsworth attendait que son frère, fan de surf, sorte sa planche du van. Ils s'étaient garés sur le bas-côté de la route côtière qui longeait les plages du Pacifique. Le regard tourné vers les eaux gris-vert, Séréna respirait l'odeur salée apportée par la brise marine. Des mouettes planaient en cercle, poussant leur cri strident.

– C'était super, dit Collin. Les vagues me portaient comme si j'étais un oiseau.

Mais Séréna pensait à quelque chose d'autre, bien plus dangereux que le surf. Elle se retourna vers Collin et répondit quand même en souriant :

– Tu as raison, c'était super.

Collin enleva sa combinaison, et la rangea dans le van. Sa passion le rendait sourd à tous les avertissements sur les risques du surf en solitaire, en particulier le soir. Séréna ne doutait pas de ses capacités de nageur. Il était fort. Ce n'étaient pas les courants, les requins ou les vagues qui lui faisaient craindre pour la sécurité de son frère. Elle connaissait d'autres dangers qui rôdaient dans la nuit de Los Angeles. Ces derniers temps, ces menaces s'étaient précisées.

– Tu ne sors pas ? lui demanda-t-il, en lui montrant sa planche.

– Non, répondit-elle.

Elle portait un maillot de bain à manches longues, et avait effectivement prévu d'aller surfer, elle aussi. Mais un événement s'était produit au lycée. Elle voulait prendre le temps d'y réfléchir.

– Tu devrais, insista Collin.
– Je vais attendre sur la plage.
Le vent soufflait sur les vagues, en les creusant. Idéal pour le surf.
– C'est trop bon, dit Collin. Tu es sûre, alors ?
– Oui.

Les lueurs du crépuscule donnaient un éclat cristallin aux yeux bleus du jeune homme, et jetaient des reflets dorés sur ses cheveux blonds décolorés par le soleil. Le frère et la sœur ne se ressemblaient en rien. Séréna avait des cheveux noirs, avec des mèches rouges. Elle dissimulait ses yeux verts derrière des lunettes noires, et était encore plus bronzée que Collin : elle adorait le soleil, mais détestait sentir sur elle la crème solaire collante.

– Alors, dit Collin, comment ça s'est passé au lycée aujourd'hui ?

Séréna se tendit.

– Alors ? reprit-il.

Elle se sentit coincée.

– J'imagine que tu sais déjà, sinon tu ne me poserais pas la question.

Impossible qu'il sache ce qui s'était passé... à moins que Morgan Page ne lui ait déjà tout dit. Morgan avait un faible pour Collin, et se servait de Séréna pour parler à son frère.

– Tu es en train de te faire une drôle de réputation, la prévint Collin.

Il sortit un morceau de cire et se mit à en enduire sa planche. Séréna lutta contre sa colère. S'il connaissait l'histoire, il ne lui poserait pas de questions. Elle sourit intérieurement et caressa l'idée de révéler à son frère qui elle était réellement. Elle imagina son air stupéfait. Que ressentirait-il ? De la fierté ? De la peur ? Une chose était certaine : il ne regarderait plus jamais sa petite sœur avec le même œil.

– Ça n'a rien de drôle, fit-il comme s'il avait deviné qu'elle souriait.

Séréna arrêta ses rêveries.
— Qu'est-ce que Morgan t'a dit ?

Il leva les yeux vers elle. Une expression étrange apparut sur son visage.

Elle comprit aussitôt qu'elle venait de faire une erreur.

— Je n'ai jamais parlé de Morgan, reprit Collin. (Puis il gloussa :) On dirait que tu lis dans mon esprit.

Séréna poussa un soupir de soulagement. Inutile de paniquer... pour cette fois-ci. Il s'était habitué à la manière dont elle devinait parfois ses pensées. Pour lui, c'était parce qu'ils étaient devenus très proches, après le départ de leur mère. Si seulement il savait.

— C'était facile à deviner, répondit simplement Séréna. Morgan exagère, comme ça elle a une excuse pour t'appeler.

Collin se releva, sa planche à la main.

— J'ai dit ça, moi ?

Un sourire rusé jouait sur ses lèvres.

— Non, répliqua Séréna.

Mentalement, elle priait pour que cela n'arrive pas. *Non, non.* Les choses étaient assez difficiles comme ça sans ajouter Morgan. Si elle plaisait à Collin, la vie deviendrait un cauchemar. En un éclair, Séréna vit Morgan traîner chez eux, l'espionner, la suivre, fouiner dans sa chambre. C'était déjà dur de la voir au lycée tous les jours. Morgan semblait se douter que Séréna et ses trois meilleures amies — Jimena, Catty et Vanessa — étaient différentes... sans se rendre compte à quel point elle avait raison ! Pourtant, il lui arrivait, certains jours, de s'approcher dangereusement de la réalité.

Séréna poussa un soupir :
— Tu aimerais sortir avec elle, ou je me trompe ?
— Non.

Il avait répondu trop vite. Pas besoin de lire dans son esprit pour savoir qu'il avait menti.

— Mais si, insista Séréna.
— J'ai rendez-vous avec elle à la cafétéria, c'est tout. (Il se remit à astiquer sa planche.) C'est mal ?

– Elle t'a demandé de la voir pour parler de moi, non ? Genre, elle veut se rendre utile.
– Comment est-ce que tu sais ça ?
Il posa sa planche.
– Je connais Morgan, reprit Séréna. Et je pensais que toi aussi. Tu as oublié ? Tu disais toujours que Morgan n'avait pas de petits copains… mais des prisonniers.

Séréna sentit son ton agressif, et elle s'en voulut.
– Morgan a changé.
Il se défendait d'une manière agaçante.
– Pas assez, marmonna Séréna.

Impossible de dire à Collin ce qui était vraiment arrivé à Morgan le mois dernier, pour qu'elle change ainsi. De toutes manières, il ne la croirait probablement pas. Même Morgan ne comprenait pas ce qu'on lui avait fait. Sinon, elle aurait eu beaucoup plus peur des voyous de cet après-midi. Morgan ignorait à quel point elle était vulnérable en ce moment. C'était l'une des raisons pour lesquelles Séréna et Jimena avaient pris le risque de se révéler en la protégeant. Morgan les avait-elle vu faire quelque chose de bizarre à ce moment-là ?

Collin allait monter dans le van lorsqu'il se figea sur place. Il regarda sa sœur d'un air ébahi. S'était-elle trahie inconsciemment ?
– Quoi ? demanda Séréna.
– Ton amulette lunaire. (Il tendit la main vers elle.) Elle a changé de couleur.

Vivement, elle recula d'un pas avant qu'il la touche. Elle regarda l'amulette qui lui pendait au cou, scrutant le visage de la lune gravé sur le métal. Elle avait reçu ce porte-bonheur à sa naissance. Ce n'était pas de l'argent massif, mais il étincelait au soleil couchant, renvoyant un arc-en-ciel chatoyant. Jimena, Catty et Vanessa en possédaient une chacune. Séréna n'enlevait jamais le sien.

– Ce sont probablement les rayons du soleil, fit-elle en posant la main sur l'amulette, qui vibrait comme si un courant électrique la traversait.

Cela signifiait-il que l'un d'entre *eux* l'avait suivie ? Elle jeta rapidement un coup d'œil derrière elle. Les voitures passaient sur la route. Rien d'inhabituel. Rien qui annoncerait la présence du danger.

Si seulement Jimena était là. En temps normal, elles étaient inséparables, mais ce soir-là, Jimena avait un travail d'intérêt public à l'hôpital pour enfants. Elle s'occupait d'enfants soignés pour des blessures par balle. Elle leur faisait la lecture, jouait aux dames avec eux, et leur apprenait le macramé. Ancien membre d'un gang, Jimena avait été condamnée deux fois à la maison de correction pour vol de voitures. Elle s'y trouverait si une juge indulgente ne lui avait pas imposé un travail d'intérêt public à la place. Jimena avait mené une vraie vie de racaille avant de comprendre sa destinée. Leur destinée.

Collin posa la main sur l'épaule de sa sœur.

– *Nous y voilà*, se dit-elle. Elle savait à l'avance ce qu'il allait dire...

– Je me fais du souci pour toi...

Les mots suivants la prirent complètement au dépourvu :

– Si tu avais un copain, peut-être...

Elle le regarda droit dans les yeux :

– *Quoi ?*

– Morgan dit que c'est pour ça que tu te comportes bizarrement... parce que tu n'as pas de copain. Tu n'as jamais...

– La dernière fois que j'ai essayé d'en avoir un, tu lui as fait peur. Tu étais toujours après lui.

Impossible de dire à Collin pourquoi il lui était si difficile d'avoir un copain, en réalité.

Collin écarta l'argument d'un haussement d'épaules :

– Tu es plus grande, maintenant. Si tu trouvais quelqu'un, peut-être que...

– J'ai pas besoin d'un mec, c'est pas le problème.

La colère la dévorait. Elle en voulait tellement à Morgan qu'elle se sentait près d'exploser. Mais pourquoi s'énerver contre Collin ? Il s'inquiétait pour elle, c'était normal.

Collin, sentant sa colère, reprit plus doucement :

— Morgan m'a raconté qu'elle discutait avec des mecs, et que toi et Jimena vous êtes arrivées en baragouinant des trucs.

— C'était pas du baragouin, répondit sèchement Séréna, c'était du latin.

Aussitôt, elle se mordit la langue.

— Du latin ? répéta Collin, incrédule. Personne ne parle latin. C'est une langue morte. (Il la regarda avec curiosité.) Et puis tu l'aurais appris quand, de toutes manières ?

— Je l'ai appris, c'est tout.

Une fois de plus, Séréna se dit qu'elle aurait mieux fait de se taire. Encore un secret menacé. Elle était née en sachant le latin et le grec ancien. Elle ne s'en était rendu compte qu'en découvrant sa destinée.

— Morgan a dit que tu étais dans tous tes états. Qu'est-ce qu'ils t'ont dit en latin ?

— Ils ont dit *foeda dea*.

— Qu'est-ce que ça veut dire ?

— Déesse laide.

— Une déesse ? (Collin avait l'air de trouver ça drôle.) C'est ça qui t'a bouleversée ?

— Laisse tomber.

Elle se dirigea vers la plage.

— Morgan dit qu'au lycée, on t'appelle la Reine de l'Étrange.

Séréna se retourna.

— Non, c'est Morgan. C'est seulement elle qui m'appelle comme ça. Tous les autres m'apprécient.

Du moins, à ce qu'il lui semblait. Elle n'avait de problème avec personne. Sauf avec Morgan, qui paraissait avoir une dent contre elle. Séréna ne comprenait pas pourquoi.

— C'est quand même bizarre que tu aies fait fuir ces types, dit Collin.

– En fait, on avait une bonne raison d'intervenir, Jimena et moi, mais Morgan ne t'en a pas parlé, hein ?
– Qu'est-ce qui s'est passé, alors ?
– Ces types embêtaient Morgan. Je ne sais pas pourquoi elle t'a raconté qu'elle les laissait la draguer. Morgan n'a jamais aimé ce genre de punks. Elle préfère les sportifs. En fait, elle leur disait de lui ficher la paix, mais ils ne voulaient rien savoir. Enfin quoi, ces mecs portaient des chaînes avec des cadenas, et ils avaient tous cinq anneaux à la lèvre.

Collin lui lança un regard amusé.

– D'accord, moi aussi j'ai des piercings, mais eux, on aurait dit des porcs-épics. En plus ils avaient des tatouages de taulards, et une sale attitude.

– Des punks qui parlent latin ?

Collin semblait dubitatif. Quelle idée d'avoir parlé du latin !

– Oui, fit Séréna.

– Ce n'est pas ce que m'a raconté Morgan.

– Bien sûr que non, répondit Séréna agacée. Elle voulait avoir un prétexte pour t'appeler, et elle ne pouvait pas te dire qu'on l'avait secourue, Jimena et moi, parce qu'elle aurait eu l'air bête. Elle a eu de la chance qu'on soit là, toutes les deux.

Morgan ignorait à quel point, d'ailleurs. Elle n'avait jamais su juger les gens. Tout à coup, une autre idée vint à Séréna. Et si Morgan avait monté tout ça pour voir ce qu'elles feraient, elle et Jimena ? Morgan en était-elle capable ?

Collin fit un grand sourire.

– Alors comme ça, toi et Jimena vous avez sauvé Morgan ? Vous avez chassé les vilains garçons ? (Il la prit dans ses bras.) Trop cool. Ma sœur et Jimena Castillo, les deux protectrices du lycée de La Brea.

Il se rapprochait de la vérité.

– Ne t'en fais pas pour ça, va, conclut Séréna.

Il s'était tourné vers l'océan. L'appel des vagues. Oubliée, Morgan.

– Allez, on y va.

Il ramassa sa planche et se dirigea vers la plage. Ils se glissèrent sous une clôture. Elle enleva ses sandales bleues et descendit la dune, avant de rattraper son frère. Le sable bruissait sous ses orteils. Elle jetait sans arrêt des coups d'œil à son amulette, qui ne brillait plus. Elle se demandait ce qui l'avait fait réagir.

Une fois au bord de l'eau, Collin accrocha la lanière en velcro autour de sa cheville pour s'attacher à sa planche. Une vague s'échoua et Séréna frissonna au contact de l'eau froide sur ses pieds.

– Zut, fit Collin.

Séréna regarda les vagues. Deux autres surfeurs les chevauchaient déjà. Collin aimait être seul.

– Fais attention, dit-elle.

– T'en fais pas, répondit Collin.

Il hésita un moment, comme s'il adressait une prière à Kahuna, le seul vrai dieu du surf. Puis il se précipita dans les vagues, faisant glisser sa planche sur les eaux sombres, s'allongea dessus et se propulsa jusqu'à la vague suivante.

Elle attendit dans l'écume du ressac jusqu'au moment où Collin attrapa sa première vague. Il se découpait à contre-jour sur le soleil couchant. Un phénomène. Le « Hang ten », c'était sa spécialité. Ce n'était pas facile. Pour réussir cette figure, il lui fallait abandonner la position latérale habituelle. Il se tenait tout au bout de la planche, les dix orteils au-dessus de l'eau, les genoux légèrement fléchis, les bras en balancier. Parfois, sa performance attirait des spectateurs.

Séréna longea la plage, marchant sur des coquillages brisés. Le doux grondement des vagues et de la circulation sur la route côtière la soulageait agréablement des clameurs qui emplissaient son esprit. L'eau passait sur ses pieds, effaçant les traces de ses pas.

Si seulement elle pouvait dire la vérité à Collin. Elle avait horreur de tous ces secrets. S'il savait, il changerait d'avis sur le comportement de sa sœur. Mais est-ce qu'il la croirait si elle lui disait qu'elle était une déesse, une Fille de la Lune ? Qu'elle se trouvait sur terre pour protéger les gens de l'Atrox, un mal si ancien qu'il avait tenté Lucifer, provoquant sa chute ? Collin penserait sans doute qu'elle était dingue ou toxico.

Séréna regarda l'océan. Collin prit une autre vague, puis s'en échappa au moment où elle se transformait en un bouillonnement d'écume. Que ferait-il si elle lui disait effectivement la vérité ? En plus, elle pouvait lui prouver que c'était vrai, car elle avait aussi un don. Elle lisait dans les pensées.

Petite, elle ne comprenait pas son pouvoir. Elle savait seulement qu'elle était différente de tous les autres. Parfois, dans l'excitation d'un jeu, elle oubliait que ses amis ne lui parlaient pas, et elle répondait à leurs pensées. Même maintenant, quand elle était heureuse ou enthousiaste, elle répondait aux pensées des gens comme s'ils les avaient dites à haute voix. C'était une des raisons qui l'empêchaient d'avoir un copain. Collin avait fait peur au dernier, mais elle y était aussi pour quelque chose. Assise dans sa voiture, elle l'avait écouté lui dire tout un tas de gentillesses. Elle avait alors répondu « merci » et « toi aussi, tu me plais ». Voyant son expression interloquée, elle s'était alors rendu compte qu'il n'avait pas ouvert la bouche : elle avait lu dans son esprit. Après ça, leur histoire s'était terminée d'un seul coup. Elle était trop gênée pour le revoir. Quand elle le croisait dans un couloir du lycée, elle rougissait toujours.

Séréna grimpa sur un tas de rochers couverts de coquillages, faisant le tour d'un amoncellement d'algues brun-jaune qui dégageaient l'odeur des poissons prisonniers de leurs nœuds entortillés.

Elle leva les yeux vers le premier quartier de lune. Sa lumière pâle l'enchantait. Arquant le dos, elle ouvrit lentement les bras pour recevoir les rayons de l'astre. Tant de choses lui étaient arrivées. Elle avait encore du mal à y croire. Son identité était restée un mystère jusqu'au jour où elle avait fait la connaissance de Maggie Craven, une institutrice en retraite, et magicienne elle aussi.

— *Tu es dea, filia lunae*, lui dit Maggie à leur première rencontre. Tu es une déesse, une Fille de la Lune.

Maggie lui avait expliqué que dans les temps anciens, quand la boîte de Pandore avait été ouverte, il ne restait plus que l'espoir au fond de la boîte. Seule Sélène, la déesse de la Lune, vit la créature démoniaque qui rôdait dans les parages ; l'Atrox l'avait envoyée pour dévorer l'espoir. Sélène prit l'humanité en pitié et lui donna ses filles, anges gardiens, pour perpétuer cet espoir. Séréna était l'une de ces filles. Ensuite, Maggie lui parla de l'Atrox. L'Atrox et ses Suiveurs avaient juré de détruire les Filles de la Lune : une fois celles-ci disparues, l'Atrox pourrait causer la ruine de l'humanité.

Ces paroles étourdissaient encore Séréna. Combien de gens croyaient à ce monde légendaire ? Elle avait appris quelques mythes à l'école, mais elle ne pensait pas que les déesses existaient vraiment. Et si elles existaient, elles ne risquaient pas de lui ressembler, avec ses lunettes de soleil déjantées à monture digne d'une arrière-grand-mère, son petit piercing vert dans le nez, son clou d'acier dans la langue et son anneau dans le nombril. En riant, Maggie avait répondu que les gens jugeaient trop selon les apparences. C'étaient d'autres qualités qui faisaient une déesse, comme la grandeur d'âme, le courage, et un désir profond d'oublier sa propre sécurité pour secourir les autres. Maggie lui assura que Séléné lui avait accordé de nombreux dons. Pourtant, Séréna éprouvait le sentiment inquiétant d'avoir également reçu des dons d'une autre déesse, plus sombre.

Les punks qui avaient embêté Morgan aujourd'hui constituaient une nouvelle race de Suiveurs. Ils ne ressemblaient pas à ceux d'Hollywood, qui essayaient de dissimuler leur identité. Eux affichaient leur allégeance à l'Atrox, avec leurs lèvres percées, leurs cheveux hirsutes et leur bouc tatoué sur le bras gauche. Par le contrôle mental, ils volaient à leur victime son espoir et ses rêves. Pire encore, ils aimaient les sports violents.

Séréna en parlerait à Maggie quand elle la verrait jeudi. Maggie était devenue son mentor et son guide, et Séréna l'aimait comme une grand-mère ou une tante préférée. Avant de faire sa connaissance, elle n'était qu'une sorte de récepteur qui captait les pensées au hasard. Parfois, elle passait des jours sans rien « entendre ». D'autres fois, elle avait l'impression que trois radios jouaient à fond dans sa tête tellement les pensées des autres se mélangeaient.

Maggie lui avait appris à explorer l'esprit d'une personne. Ce n'était pas facile. Pour son premier essai, elles s'étaient rendues au centre commercial de Beverly. Dans la galerie supérieure, Maggie avait montré un petit garçon à Séréna, en lui disant de se concentrer pour se glisser dans son esprit.

Séréna avait obéi et était tombée tout à coup au milieu des pensées du gamin.

Il y en avait une foule. Base-ball, football et jeux vidéo jouaient autour d'elle en un tourbillon étourdissant. Des émissions télé, des films et un chien nommé Harry. Au moment où elle se demandait si elle allait rester perdue là à tout jamais, elle sentit la main de Maggie prendre la sienne... et se retrouva dans le centre commercial.

– Ça alors.

Voilà tout ce qu'elle trouva à dire.

– Et encore, ce n'était que la partie émergée de l'iceberg, lui dit Maggie en souriant. Attends de voir ce que tu peux faire.

Maintenant encore, quand Séréna s'entraînait à lire dans l'esprit de quelqu'un, elle se laissait parfois capturer par ses pensées, comme une mouche dans une toile d'araignée gluante. Alors elle paniquait en se disant qu'elle resterait à jamais prise au piège dans le cerveau d'une autre personne.

Selon Maggie, Séréna maîtrisait désormais son talent de lecture des pensées ; pas à la perfection, mais suffisamment pour apprendre le pouvoir suivant. À présent, elle s'entraînait à s'emparer d'une pensée et l'enfoncer tout au fond de l'esprit de quelqu'un, afin qu'il ne s'en souvienne pas. Elle appelait ça du zapping.

Séréna frissonna. Elle se rendit compte qu'elle se promenait sans but sur la plage depuis un long moment, juste pour admirer la beauté des vagues phosphorescentes. Elle grimpa sur une petite digue et regarda derrière elle. Elle ne voyait plus l'endroit où Collin avait garé le van. Au moment où elle allait revenir sur ses pas, une vague frappa le mur en l'éclaboussant. Si elle retournait par le même chemin, la marée montante lui couperait la route près des rochers. Elle ne voulait pas qu'une vague l'emporte par surprise, en particulier dans le noir et dans la brume. Elle décida donc qu'il valait mieux passer par les falaises.

Le temps de trouver un sentier, une brume froide et humide était tombée sur la plage. Séréna mit ses sandales, dénoua son sweat-shirt et l'enfila. Cela ne l'empêcha pas de frissonner. Le froid lui donnait des douleurs dans le dos, et ses jambes dénudées avaient la chair de poule. Elle remonta péniblement la piste qui traversait des buissons. Dans l'obscurité, les chênes nains ressemblaient à des spectres déformés.

Elle avançait d'un pas prudent ; son malaise s'accentuait. Un peu plus loin à peine, elle entendit un bruit, comme quelqu'un courant devant elle sur le sentier. La brume était impénétrable.

– Ohé ! cria-t-elle.

Elle continua à avancer avec précaution.

À ce moment, elle entendit des voix, faibles et lointaines, comme un chœur d'église. Des chants ? Non, plutôt des incantations.

Elle pressa le pas. Plus que tout, elle voulait sortir du froid, retrouver les lumières violentes de la ville. Devant elle, elle vit une lueur dans la brume. Elle accéléra encore. Juste après, elle distingua des silhouettes floues autour d'un feu, dans une clairière. Quelle idée d'organiser une soirée feu de camp par une nuit aussi froide ! Elle était tout de même contente d'avoir trouvé des gens.

Encore quelques pas, et elle vit clairement le feu, avec une trentaine de jeunes debout tout autour. Elle se réchaufferait, puis leur demanderait le chemin pour retrou-ver la route. Elle s'approcha du groupe, mais personne ne semblait lui prêter attention. Une tension étrange planait dans l'air, comme s'il allait se produire quelque chose d'important.

Une fille aux longs cheveux blonds se tenait près du feu. Elle portait une robe longue, d'un noir satiné ; les manches flottantes lui arrivaient au bout des doigts. Avec son boa doré autour du cou, et ses bracelets scintillants aux poignets, elle avait l'air plus habillée pour une fête de fin d'année que pour une sortie au bord de mer. Les flammes semblaient dangereusement proches. Sa jupe virevoltante frôlait sans arrêt le brasier.

Nul ne montrait la moindre inquiétude.

La jeune fille sourit et entra dans le feu.

Chapitre 2

Aucun des types autour du feu ne semblait s'en soucier. Ils étaient défoncés à la bière, aux champignons hallu ? Pourquoi personne ne faisait rien ?

Séréna fonça dans la foule, le cœur battant sous l'effet d'un flot d'adrénaline.

La robe de la fille se gonfla puis s'entortilla autour d'elle, comme dans un maelström. Dans un hurlement, les flammes s'enroulèrent sur sa chevelure, et la tirèrent vers le ciel. Une bûche tomba du feu dans un sifflement.

Les autres reculèrent pour éviter la bûche, mais personne ne bougea pour aider la fille.

Séréna se trouvait assez près du feu pour entendre le crépitement du bois, mais elle ne sentait toujours aucune chaleur, ce qui était anormal.

Tout à coup, ce qu'elle vit l'arrêta net. Les flammes léchaient les bras et le visage de la fille avec une joie sauvage ; pourtant elle ne brûlait pas. Elle n'avait même pas l'air de souffrir. En fait, elle semblait euphorique. Stupéfaite, Séréna se rapprocha. Ce devait être son imagination : l'air semblait plus froid près du feu.

Elle hésita, puis frôla rapidement les flammes de la main. Elles s'allongèrent soudain, lui léchant les doigts. On aurait dit de la glace. Séréna retira sa main et vit un peu de givre dessus.

Un feu froid ? C'était impossible. Abasourdie, Séréna fixa la fille au milieu du brasier.

Elle levait son visage vers le ciel nocturne, souriante, les bras grands ouverts.

– Lecta ! Lecta ! Lecta ! répétaient les autres.

Le nom de la fille ?

Les flammes voletaient autour de son visage. Elle sembla aspirer les flammes, puis ouvrit les yeux. Ils brillaient, phosphorescents. Le brasier s'élança vers le ciel en hurlant et la jeune fille en sortit.

Séréna sentit un picotement sur sa poitrine. Elle n'eut pas besoin de baisser les yeux pour savoir que de son amulette rayonnait une lumière blanche. Pareil à une vague invisible, son pouvoir la repoussait, comme pour la mettre en garde. Sans s'en rendre compte, Séréna fit un pas en arrière et jeta un œil autour d'elle. Elle était tombée sur une réunion de Suiveurs... Mais pourquoi son amulette ne l'avait-elle pas prévenue plus tôt ? Et pourquoi n'essayaient-ils pas de la tuer ? Ils ne tentaient même pas de contrôler son esprit.

À ce moment-là, elle vit Karyl, de l'autre côté du feu. Il lui sourit derrière les flammes. Même à cette distance, elle sentit la menace qui émanait de lui, à la manière dont il la regardait. La dernière fois qu'elle avait eu affaire à lui, son pouvoir mental l'avait agressée en un hurlement démoniaque, une véritable lame de fond. Cette nuit-là, Karyl, Tymmie et Cassandra avaient essayé de détruire Catty et Vanessa pour leur voler leur puissance. Séréna et Jimena avaient failli arriver trop tard à la rescousse, mais avaient finalement réussi à sauver leurs amies.

Séréna se retourna et faillit heurter Tymmie. Grand, il avait des cheveux blonds décolorés aux racines noires, un sourire tordu aux lèvres. Les flammes rouge orangé se reflétaient dans les anneaux qu'il portait au nez.

– Salut, déesse.

Il s'écarta. Son visage maigre, presque spectral, n'exprimait aucune menace. À ses côtés se tenait Cassandra. Elle portait un pantalon court noir sous une jupe en tulle noire, avec des manches cloutées d'argent et un débardeur également noir. Sur sa poitrine apparaissaient de fines cicatrices blanches : les lettres S, T, A. Folle amoureuse de Stanton, le chef des Suiveurs, elle avait tenté de graver son nom sur sa poitrine avec une lame de rasoir.

Cassandra dévisagea Séréna.

– Super, ton look, lui lança-t-elle d'un ton sarcastique.

Séréna observa les Suiveurs autour du feu. Ils étaient habillés comme pour un cocktail.

Cassandra lui jeta un autre regard chargé de fiel, puis se passa la main dans les cheveux et se tourna vers le feu.

Séréna recula, plus choquée que si Cassandra l'avait giflée.

Elle ne savait que penser. Elle avait déjà affronté ces gens. Alors, pourquoi ne l'attaquaient-ils pas de nouveau ? S'agissait-il d'une ruse ? D'un piège ?

Elle vit alors Stanton qui s'approchait d'elle. Dans son smoking noir satiné, il était séduisant, dangereusement sexy. Tout en sachant qu'il fallait éviter de croiser son regard bleu, Séréna se sentait irrésistiblement attirée. Les yeux de Stanton brillaient d'une grande tendresse... un reflet du feu, sans doute. En général, ils n'exprimaient qu'obscurité et froideur, menaçant toujours de vous entraîner dans leur monde maléfique.

Avant même qu'elle s'en soit rendu compte, il se planta devant elle, l'invitant et la charmant du regard.

– Je suis heureux que tu sois venue, lui dit-il avec douceur, en lui caressant sensuellement les cheveux.

Ses yeux plongés dans ceux de Stanton, Séréna ne ressentait aucune terreur, mais du réconfort et de la joie : c'était encore plus effrayant que s'il avait essayé de forcer son esprit pour la contrôler.

Son cœur cognait douloureusement contre ses côtes. Elle recula en titubant et se retrouva à la limite du feu. La fumée s'élevait en tourbillons. Elle la respira. L'odeur âcre lui monta à la tête, lui soulevant l'estomac.

Elle saisit son amulette lunaire et ressentit un soulagement immédiat. Maggie lui avait expliqué qu'intuitivement, elle saurait toujours quoi faire, en particulier à la pleine lune. Ce n'était pas le cas cette nuit, mais au moins l'astre n'avait pas complètement disparu, ce qui correspondait à la période la plus vulnérable de Séréna. Durant ces trois jours, ses pouvoirs étaient à leur minimum. Séréna essaya de s'éclaircir l'esprit, de réfléchir. Elle avait envie de s'enfuir en courant.

Stanton prit un air étonné.

– Séréna ? Ça va ?

– Comment connais-tu mon nom ? demanda-t-elle, saisie d'une nouvelle crainte.

Il n'avait jamais utilisé son nom avant. Il l'avait toujours appelée *Déesse*, comme on crache le nom d'un ennemi.

– Tu me l'as dit, expliqua-t-il en se rapprochant d'elle.

Il tendit la main vers Séréna. La panique s'empara d'elle et elle s'enfuit.

– Séréna ! cria-t-il.

Elle bouscula quelques Suiveurs sur son passage.

Stanton continua à l'appeler. Il se mit à la poursuivre.

C'était dangereux de courir si près du bord de la falaise. Elle le fit quand même. Frissonnant de terreur, elle respirait avec difficulté. Ses mains tremblaient encore, mais ce n'était plus de froid. Elle dégoulinait de transpiration. Elle essaya de rassembler ses esprits. La plupart des Suiveurs autour du feu étaient probablement des initiés. Des jeunes qui s'étaient tournés vers l'Atrox dans l'espoir d'être acceptés dans sa congrégation. Ils voulaient se montrer dignes de devenir Suiveurs. Ils avaient probablement quelques pouvoirs d'hypnose, mais les siens étaient bien supérieurs. Ils ne représentaient aucune menace, sauf s'ils l'attaquaient en bande.

Tymmie, Karyl et Cassandra, acceptés par l'Atrox, servaient d'apprentis à Stanton. Ils perfectionnaient leur puissance maléfique. Séréna avait de bonnes chances de s'en débarrasser, mais Stanton, c'était une autre affaire. Il pouvait lire dans les esprits, manipuler les pensées, et même enfermer ses victimes dans ses souvenirs.

Elle accéléra sa course. Derrière elle, Stanton gagnait du terrain.

Ce fut la dernière chose dont elle se souvint.

Séréna se réveilla en sursaut sur la plage, près de la petite digue. Elle regarda autour d'elle, ébahie. L'instant d'avant, elle courait sur le bord de la falaise, et voilà qu'elle se retrouvait allongée sur le sable.

– Stanton ? appela-t-elle, pleine d'appréhension.

Ses mains tremblaient, elle ressentait un froid atroce. Comme Stanton ne répondait pas, elle se leva lentement. La tête lui tournait.

Elle observa le sable humide. Elle ne vit que ses propres empreintes. Se serait-elle endormie ? Le feu froid n'aurait-il été qu'un rêve ? Elle ne se souvenait pas de s'être allongée, ni même assise. En levant la main pour relever sa frange, elle sentit une vive douleur. Ses paumes étaient à vif. Elle alla les tremper dans la mer. L'eau salée la piquait. Ou alors, aurait-elle pu tomber de la falaise, en tentant de se raccrocher à quelque chose ? Elle aurait alors perdu conscience en tombant sur le sable.

Séréna remonta la plage. Au bout d'un petit moment, elle entendit de la musique. L'autoradio de Collin. Cette musique de surf, avec ses guitares énervantes, ne lui avait jamais semblé aussi merveilleuse.

Elle se dirigea vers la route au pas de course, en donnant des coups de pied aux restes d'un vieux feu de plage.

Des mains vigoureuses la saisirent.

Elle poussa un cri étonné.

– Séréna ? fit Collin, aussi surpris qu'elle.

Il écarta sa lampe torche.

– Où tu étais ?

– Comment ça ? Pourquoi est-ce que tu as arrêté de surfer si tôt ?

Il lui mit sa montre étanche sous le nez. Elle regarda le cadran, incrédule. Deux heures s'étaient écoulées depuis qu'elle avait quitté Collin.
— Ça fait presque une heure que je te cherche, la gronda-t-il.
Séréna ne répondit rien.
— Qu'est-ce qui t'est arrivé ?
Il enleva sa veste et la lui posa sur les épaules. Séréna se pelotonna dans le vêtement tiède.
— Tu trembles de froid, et...
— Et quoi ?
Elle essaya de lire dans ses pensées pour voir ce qu'il voyait, mais son esprit à elle paraissait tout alangui.
— Qu'est-ce qui est arrivé à tes lunettes ?
Elle les retira. Il manquait le verre de droite.
— Je ne sais pas.
Elle eut horreur de sa voix tremblante. La peur.
— Comment ça, tu ne sais pas ?
Elle haussa les épaules.
— Tu es tombée dans les rochers ?
— Non.
— Tu n'aurais pas essayé de grimper sur la falaise, par hasard ?
— Peut-être. (Séréna chercha à rassembler ses souvenirs...) J'ai dû tomber.
— Tu sais à quel point c'est dangereux ?
Il était vraiment sous le choc.

À la lumière de la lampe torche, ils revinrent en silence à la camionnette. D'ici peu, les lampadaires de la voie rapide éclaireraient la plage de leur faible lueur.

Séréna réussit à se calmer suffisamment pour s'exprimer sans bégayer.

— Je ne sais pas ce qui s'est passé, dit-elle. Je devais être en haut de la falaise, et puis je me suis réveillée sur le sable, comme si je m'étais endormie.

Il ouvrit la portière, la lumière intérieure s'alluma. Elle leva les yeux et vit l'inquiétude sur le visage de son frère.

Elle se demanda ce que lui voyait ; il lui prit les deux mains.
— Et toi, ça va, tu es sûre ? (Il ajouta très vite :) Tu as de la chance, on pourrait être en train de te décoller des rochers en ce moment.
Il ouvrit les mains de Séréna et regarda ses paumes. Elles étaient écorchées, comme si elle avait essayé de se raccrocher à quelque chose en tombant.
Elle serra les poings.
— Allez, on s'en va, fit-elle en s'asseyant côté passager.
Elle posa ses pieds nus par terre. Où étaient passées ses sandales bleues ? Elle plissa les yeux. Il fallait qu'elle se souvienne. Sous l'effort, la tête lui tourna. Le feu semblait désormais enfoui dans la brume d'un rêve. Plus elle essayait de se concentrer dessus, plus il s'éloignait.
— Séréna ?
Elle se rendit compte que Collin lui parlait.
— Tu veux aller à l'hôpital ?
— Non.
— Tu es sûre ?
— Oui.
Il lui posa la main sur la tête. Elle vit le bout de ses doigts. Sur l'index, il y avait une goutte de sang.
— Tu t'es cogné la tête. On devrait quand même aller à l'hôpital, dit Collin.
— Non, ça va, répondit-elle d'un ton qu'elle voulait convaincant. (Elle se regarda dans la glace du pare-soleil, examinant la petite coupure.) Ça n'est pas profond.
— Promets-moi que tu ne monteras plus sur la falaise, dit son frère.
— Promis.
Pourtant, elle ne pensait pas qu'elle était tombée. Si elle avait glissé puis fait une chute libre, elle ne l'aurait pas oublié.
— On rentre à la maison ? demanda-t-il.
Elle vit l'inquiétude dans son regard et se sentit coupable.

– D'accord. Et mets le chauffage, demanda-t-elle.

Séréna détestait sentir ce chaos intérieur. Même les odeurs familières de cire à planche, d'oxyde de zinc et d'huile solaire ne la réconfortaient pas comme d'habitude. Elle voulait fuir cette plage, qui était auparavant un refuge.

Collin se mit au volant, démarra et alluma le chauffage.

Séréna se tourna vers les collines, dans l'espoir de distinguer la faible lueur d'un feu au travers du brouillard. Elle ne vit rien. Collin avait peut-être raison, après tout. Elle était tombée. Peut-être.

Le brouillard ralentissait la circulation. Collin monta le son de l'autoradio.

Le temps d'arriver à la route de Santa Monica, Séréna avait retrouvé un rythme cardiaque normal.

– Et toi, comment c'était ? finit-elle par demander.

– Comme un requin, répondit-il.

En fendant l'eau à grande vitesse, l'aileron de sa planche émettait une sorte de sifflement.

Séréna, qui se sentait l'esprit plus clair, s'introduisit doucement dans les pensées de Collin pour voir s'il avait vu quelque chose qui pourrait lui servir d'indice. Elle ne trouva rien d'inhabituel... mais il la regarda deux ou trois fois comme s'il sentait qu'elle étudiait ses souvenirs. Que ferait-il s'il découvrait que c'était vraiment le cas ?

Chapitre 3

L'arôme des muffins tout chauds se répandait dans la cuisine de Séréna. On était samedi matin. Wally, le raton laveur apprivoisé, tournait autour de son écuelle, ses griffes frottant impatiemment sur le carrelage. Séréna sirotait son café froid, en finissant de raconter à Jimena sa soirée de la veille.
– Et puis je me suis réveillée sur la plage, conclut-elle.
– C'est tout ? demanda Jimena.
– Oui.
Perdue dans ses pensées, Jimena se passa les mains dans ses longs cheveux noirs. Son sweat à capuche dissimulait les tatouages sur ses avant-bras, souvenir de son passage dans le gang, mais le tatouage sur son ventre pointait au-dessus de son pantalon taille basse.
– Ça craint vraiment. Laisse-moi réfléchir encore deux minutes.
Séréna remplit un bol de raisins, puis mélangea dans une assiette une boîte de pâtée pour chat avec le contenu d'un petit pot.
Jimena l'aida à poser la nourriture par terre, puis s'assit sur une chaise haute, en balançant ses longues jambes où venaient jouer les rayons du soleil.
– Ça devait être un rêve, décida-t-elle, en comptant sur ses doigts. (Elle avait des ongles longs, peints en bleu turquoise.) Primo, si tu avais dû rencontrer un groupe de Suiveurs, j'aurais eu une prémonition, *sin duda*.

– Probablement, fit Séréna.
C'était le don de Jimena. Elle avait des prémonitions. Si l'une d'entre elles risquait de faire une rencontre dangereuse avec les Suiveurs, elle le savait presque toujours à l'avance. Ce don de lire l'avenir donnait la chair de poule à ses amies, d'autant plus que Jimena n'avait jamais pu empêcher ses prédictions de se réaliser, même quand elles annonçaient une catastrophe.
– Secundo, personne ne peut survivre à un passage aussi long dans le feu. Si les Suiveurs en étaient capables, Maggie nous l'aurait dit.
Maggie avait présenté Jimena à Séréna un an plus tôt. Leur amitié avait connu des débuts difficiles. Jimena avait vraiment vécu avec un gang, volant des voitures et traînant avec les autres filles de la bande. Pas question de faire amie avec une mauviette comme Séréna. Séréna, elle, avait aimé la franchise de Jimena : elle ne jouait pas aux jeux habituels des filles, disant une chose et en faisant une autre. Cela lui avait valu le respect de Séréna. Lors de leur premier combat contre un groupe de Suiveurs, Jimena avait changé d'avis sur Séréna. Séréna n'avait jamais reculé face au danger. Depuis, Jimena lui aurait confié sa vie.
– Tertio, continua Jimena, le feu était froid. C'est typique des rêves.
Séréna sortit les muffins du four et les mit dans une corbeille.
– Et quarto ?
Séréna avait lu dans les pensées de Jimena. Elle posa les muffins sur la table, à côté de la cafetière. Jimena s'assit à côté de son amie. Tout en se resservant un café, elle ajouta :
– Quarto, si tu avais rencontré une bande de Suiveurs, tu ne serais pas ici.
Séréna approuva, mais cette explication ne la convainquait pas. Il y avait autre chose, elle le savait, mais n'arrivait pas à dire quoi. Elle répéta à Jimena :
– Stanton m'a poursuivie.
– Tu me l'as dit.

– Je crois qu'il m'a attrapée.

Séréna enleva le grand chandail de Collin pour lui montrer des meurtrissures sur son bras, comme si quelqu'un l'avait serrée très fort.

Jimena toucha du doigt les quatre bleus de forme arrondie, près de l'épaule.

– Tu as dû te faire ça sur les rochers, assura-t-elle. Si on t'avait pincée aussi fort, tu t'en souviendrais.

– Je ne sais pas, répondit Séréna. Tu te rappelles, le mois dernier, quand les Suiveurs ont attrapé Morgan et lui ont volé son espoir ?

– Oui.

– Elle était complètement dans le brouillard, continua Séréna. Elle n'avait aucune idée de ce qui lui était arrivé. C'est ça qui s'est passé pour moi aussi, sans doute.

– Ce n'est pas ton espoir que veulent les Suiveurs, Serenita. C'est *toi*.

– D'accord, mais…

– Ne t'en fais pas, la rassura Jimena. L'inquiétude ne sert à rien… contrairement aux amis. Je suis là pour te protéger.

– Merci. (Séréna reprit l'air songeur :) C'est quand même bizarre de ne pas se souvenir de ce qui s'est passé pendant presque deux heures. Je devrais en parler à Maggie.

Jimena lui lança un regard bizarre :

– Il te faudra attendre jeudi. On doit prendre le thé chez elle. Elle ne rentrera pas avant, tu te souviens ?

Séréna s'apprêtait à répondre quand la porte de derrière s'ouvrit et Collin entra.

– Salut, fit-il.

Il arborait un T-shirt de surf, un pantalon baggy, et une mine déconfite. Il revenait d'une séance matinale à la plage, et n'avait pas pris la peine d'enlever l'oxyde de zinc sur son nez et sa lèvre inférieure.

– C'était comment ? lui demanda Séréna.

– Y avait de super vagues, répondit Collin en ouvrant la porte du frigo.

Il se servit un verre de lait et la claqua violemment. Voyant les écorchures sur ses jambes, Seréna se dit qu'il avait dû se faire éjecter. Et douloureusement encore, pour revenir aussi vite à la maison.

Tout à coup, le nez de Collin se vida. Il essaya de retenir l'eau du plat de la main, puis attrapa un torchon pour s'essuyer le nez et le menton.

– *Tienes mocos*, fit Jimena en riant. T'as le nez robinet.

Collin fronça les sourcils. Après une séance de surf éprouvante, ses sinus se remplissaient d'eau de mer, puis se vidaient au mauvais moment.

– Je croyais que tu ne tombais jamais ? ajouta Jimena avec un grand sourire. Tu ne m'avais pas dit que le nez robinet, c'était quand on tombait à l'eau ?

– Eh, Miss Ghetto, répondit Collin d'un ton coléreux qui ne lui ressemblait pas, tu ne sais même pas ce que ça veut dire, tomber de sa planche.

Jimena se leva en faisant grincer sa chaise.

– *Oye, mocoso*. C'est qui, la Miss Ghetto ?

– Toi, répondit Collin en fermant brutalement une porte de placard.

Jimena prit son air batailleur. La tension devenait palpable.

– À El Monte, ils t'appellent le Kook de Malibu.

Jimena avait dit ça sur un rythme dansant, avec un accent mexicain exagéré qu'elle n'avait pas d'habitude.

Seréna ferma les yeux. « Kook », pour un surfeur, c'était un terme particulièrement péjoratif, pour parler des gens de l'intérieur des terres qui gênaient les vrais surfeurs ou provoquaient des accidents en faisant des trucs incroyablement stupides, comme abandonner une planche dans l'eau.

Collin fixa Jimena :

– Oui, eh bien imagine-toi que c'est à cause d'un Kook que je suis tombé, ce matin. Probablement un copain de ton ghetto.

– S'il vous plaît, intervint Séréna. Vous êtes vraiment obligés de vous disputer chaque fois que vous vous voyez ?

Collin, le regard toujours braqué sur Séréna, attrapa un muffin et l'engloutit tout entier, comme s'il essayait délibérément de l'écœurer en mangeant la bouche ouverte.

Jimena haussa les épaules :

– J'ai vu du sang et de la cervelle, mon petit, tu t'imagines que tu vas me faire peur en mangeant salement ?

(Elle frissonna, comme pour chasser un souvenir réapparu brusquement. Elle se tourna vers Séréna :) Qu'est-ce que tu veux acheter, au vide-grenier ?

Collin pianotait sur la table avec irritation.

– À toute, lança-t-il avant de sortir de la cuisine.

– Au vide-grenier ? Un poncho à franges, peut-être, répondit Séréna.

– Moi, je vais voir s'ils ont des T-shirts psychédéliques, fit Jimena.

– On y va, non ? demanda Séréna.

Si seulement son frère et sa meilleure amie arrêtaient de se disputer. Elles se dirigèrent vers Fairfax Avenue. Au bout d'un moment, Séréna dit :

– Morgan a dit qu'il me fallait un copain... incroyable, non ?

– C'est sa vie, répondit Jimena. Elle peut pas vivre sans mec.

– Cela dit, nous, on a vraiment du mal à trouver quelqu'un...

– Tu peux le dire, approuva Jimena. Chaque fois que je rencontre un mec *retaguapo*, plus il me plaît, et plus j'ai des prémonitions. Plus j'ai des prémonitions, et moins il me plaît. Ça tue la magie, quand je le vois faire des trucs en douce – et des trucs qu'il ne sait même pas encore qu'il va faire ! Le seul sincère, c'était Veto, mais il est mort.

Sa voix se brisa.

– Enfin, au moins, aucun de ces mecs ne pense que tu es bizarre, dit Séréna pour la consoler.

Jimena éclata d'un rire tellement fort que les gens faisant la queue pour manger chez Red se retournèrent pour la regarder.
— J'aurais bien aimé te voir dans la voiture, toute mignonne et *suavita*, en train de répondre « merci » et « toi aussi tu me plais » alors qu'il n'avait même pas ouvert la bouche !
— Mais moi, je ne m'énerve pas contre un mec à cause d'un truc qu'il n'a pas encore fait, répliqua Séréna.
— Ouais, c'est vrai... Enfin bon, c'est qu'un tas d'hormones en sueur, les mecs, non ? Qui est assez bête pour en vouloir un ?
— Moi ? hasarda Séréna.
Jimena sourit :
— *Yo tambien*, mais un différent, cette fois-ci. J'ai pas envie de connaître mon avenir avec lui. J'ai pas envie de savoir comment il va mourir, ou comment il va me tromper avec une *ruca*. Quelqu'un comme ton frère, voilà ce que je veux.
Séréna s'arrêta si brutalement qu'un passant faillit la heurter.
— Mais tu le détestes, mon frère !
— Je voulais dire un *vato* comme ton frère, mais pas ton frère, corrigea Jimena.
— Comment ça ?
— *Con tu hermano*, la seule chose que je le vois faire à l'avenir, c'est du surf.
Elles marchèrent en silence pendant un long moment, puis Séréna reprit d'un ton hésitant :
— Est-ce que tu t'es déjà demandé... enfin, si on ne doit pas avoir de copains à cause de ce qui va nous arriver à dix-sept ans ?
— J'ai eu Veto, murmura Jimena.
— Et il est mort, ajouta Séréna.
— Tu as peut-être raison, fit Jimena.
Elles ne disposaient de leurs pouvoirs que jusqu'à l'âge de dix-sept ans. Ensuite, leur avait expliqué Maggie, elles subiraient une métamorphose. Elles devraient faire le choix le plus important de leur vie. Soit elles perdaient leurs pouvoirs et oubliaient qui elles étaient, soit elles disparaissaient. Celles qui

disparaissaient devenaient quelque chose d'autre, des esprits protecteurs peut-être. Personne ne savait vraiment. Les quatre amies n'en parlaient pas beaucoup. Cela leur faisait trop peur.

– Vanessa a un petit ami, ajouta Séréna.

– Oui, enfin, c'est pas de sa faute, fit remarquer Jimena.

Vanessa avait le pouvoir de se rendre invisible, mais quand une émotion la submergeait, ses molécules commençaient à se désagréger d'elles-mêmes. Quand Vanessa avait commencé à sortir avec Michael Saratoga, ses molécules perdaient toute cohésion, et Vanessa devenait invisible chaque fois qu'il tentait de l'embrasser.

– Les voilà.

Séréna avait vu leurs deux amies au bout de la rue.

Catty et Vanessa se pavanaient comme des vamps à l'angle de Fairfax et Beverly Avenue, en pantalons pattes d'éléphant avec des dentelles incroyables ; elles les avaient sûrement pris dans le placard de la mère de Catty.

Vanessa leur fit le signe de paix.

– Cool mes sœurs !

Elle avait une peau splendide, des yeux bleus de star, et des cheveux blonds tout aussi parfaits. Elle portait un bandeau sur le front et des lunettes bleues. Catty passait son temps à lui attirer des ennuis, mais elles restaient les meilleures amies du monde.

– Love and peace, les salua Catty.

À sa manière bohème, Catty avait un certain style. Ce jour-là, elle portait une casquette tricotée main avec des rubans à pompons qui lui tombaient à la taille. Ses Doc Martens juraient tellement avec son pantalon pattes d'ef' qu'ils allaient très bien ensemble. Ses cheveux châtains frisés émergeaient de dessous sa casquette fuchsia, et elle dissimulait ses yeux noisette derrière des lunettes de grand-mère : encore un emprunt à sa mère, probablement.

– Ça vous plaît, le look rétro ? gloussa Vanessa.

– Ouais... c'est quoi cette odeur ? demanda Jimena en reniflant.

– C'est l'aromathérapie de ma mère, répondit Catty. C'est de la lavande, pour me déstresser.

– Ah bon ? Ça t'est arrivé, de stresser ? s'exclama Séréna.

– Non, jamais, fit Catty, mais mère pense que tout le monde stresse.

– Ça ne sent pas mauvais, commenta Séréna.

– Moi, je m'en passerai, fit Jimena en fronçant le nez.

Maggie les avait réunies toutes les quatre et continuait à leur montrer comment se servir de leurs pouvoirs spéciaux pour lutter contre l'Atrox et ses Suiveurs. Selon elle, ensemble, elles possédaient une force invincible. Une idée que les quatre amies ne partageaient pas vraiment. En général, elles avaient l'impression d'être le jouet de leurs pouvoirs.

Vanessa brandit un journal où elle avait noté les adresses des vide-greniers.

– Le premier est dans la rue suivante, indiqua-t-elle.

En chemin, Séréna leur parla du feu de glace et de la fille nommée Lecta.

– Ça devait être un rêve, commenta Vanessa, puisque le feu était froid.

– Si ça ressemblait à une fête, tu t'es peut-être comportée avec bonté avec eux, et ils n'ont pas pu te faire de mal, suggéra Catty.

– Je suis sûre que non, dit Séréna.

Un Suiveur ne pouvait jamais faire de mal à une personne qui avait agi avec bonté à son égard. Séréna jeta un coup d'œil à Vanessa. Stanton avait essayé de l'enfermer dans ses souvenirs de petit garçon, et Vanessa avait tenté de le sauver de l'Atrox. À cause de cela, il ne pourrait plus jamais lui faire de mal.

– Tu connais quelqu'un qui s'appelle Lecta ? demanda Vanessa.

– Non, reconnut Séréna.

— C'était un rêve, insista Catty, la fille ne brûlait pas dans le feu.
— C'est ce que je lui ai dit, ajouta Jimena.
— Oui… et pourtant, ça avait l'air bien réel, répliqua Séréna.
— Tu n'as jamais entendu parler de ces rêves où tu veux te réveiller mais tu n'y arrives pas ? Et quand tu te réveilles finalement, tu te sens soulagée parce que c'était juste un rêve ?
— Oui, je vois, dit Séréna. Mais là, c'était différent.
— Il n'y a qu'un seul moyen de savoir, intervint Catty.

En arrivant au vide-grenier, Séréna se pencha pour admirer un collier avec une petite perle sertie de grenats. Elle se tourna vers Catty :
— Et c'est quoi, ce moyen ?
Elle posa le collier sur son front.
— Ah oui, c'est beau… fit Jimena admirative.
— On dirait un de ces bandeaux qu'on portait dans les années 20, ajouta Vanessa.
— Excusez-moi, coupa Catty, mais je viens d'avoir une idée géniale.
— C'est quoi ? demanda Séréna, tout en achetant le collier qu'elle glissa dans sa poche.
— Facile. (Catty sourit.) Je vais remonter le temps pour vérifier.

Catty possédait le pouvoir le plus incroyable. Elle pouvait voyager dans le temps. Elle ratait beaucoup de cours à cause de ça… Sa mère ne s'en inquiétait pas, parce qu'elle savait que Catty était différente. Elle n'était pas sa mère biologique. Elle avait trouvé Catty, alors âgée de six ans, sur le bord d'une route en Arizona. Elle allait la remettre aux autorités à Yuma quand elle se rendit compte que l'enfant manipulait le temps. Elle décida que Catty était une extraterrestre, et qu'elle devait la protéger des représentants du gouvernement qui la disséqueraient probablement. Elle ne savait toujours pas que Catty était une déesse. En fait, les gens croyaient plus facilement aux extraterrestres qu'aux divinités.

– Alors, qui veut venir avec moi ? demanda Catty.

– Non merci, frissonna Vanessa. J'ai horreur du tunnel.

Elle appelait ainsi le trou dans le temps où Catty devait passer pour se rendre d'une époque à l'autre. Vanessa était la seule, avec Catty, à y avoir plongé.

– Et toi ? lança Catty à Séréna. Tu me demandes tout le temps de t'emmener.

– Non, pas cette fois-ci, dit Séréna.

Elle voulait essayer, même après avoir entendu Vanessa décrire l'odeur de chou et de moisi du tunnel. Elle ne craignait pas l'arrivée, tant l'idée de voyager dans le temps la fascinait. Vanessa lui avait dit qu'une fois à destination, on retombait dans le temps, qui avait la dureté du granit. En plus, Catty manquait généralement de précision. Elles pouvaient se retrouver à des kilomètres de là… et aussi près de l'océan, cela devenait dangereux. Pourtant, Séréna aurait bien tenté sa chance, si les souvenirs de la nuit dernière et des Suiveurs avaient cessé de la hanter.

– Je n'ai pas envie de tomber sur les Suiveurs, dit Séréna. Si tu vas ailleurs, je t'accompagnerai.

– Par pitié ! Tu rates toujours tes atterrissages, et là tu seras à côté des falaises et de l'océan, dit Vanessa à Catty.

– Enfin quoi, je m'entraîne comme une folle et vous ne me faites toujours pas confiance, gémit Catty. (Elle jeta un regard en coin à Séréna.) Tu es sûre que tu ne veux pas venir ?

Les pupilles de Catty se dilatèrent, comme si son pouvoir envahissait son cerveau. Elle tendit la main à Séréna.

– Écoute, le voyage ne te prend que quelques minutes, mais nous autres, il nous faudra revivre toute la nuit, et ça, je ne veux pas.

Trop tard. Séréna sentit un changement dans l'air, comme si la pression atmosphérique baissait tout à coup. Elle jeta un œil à la montre de Catty : les aiguilles tournaient à l'envers.

– Arrête ! cria Vanessa.

Mais Catty n'arrêta pas. Jimena attrapa Vanessa et Séréna par la main.

– Serrez bien vos amulettes.

Elles obéirent.

– On se retrouve au Kokomo, hurla Jimena à Catty, avant qu'elle ne disparaisse dans un éclair blanc éblouissant.

La tension dans l'air disparut.

– Pourquoi on ne l'a pas suivie ? demanda Vanessa d'un air surpris.

– Maggie m'a expliqué qu'en tenant l'amulette, on peut rester dans le présent même si Catty remonte le temps, dit Jimena. Je devais vous en parler. Désolée, j'ai oublié.

– Pourquoi est-ce que tu es allée voir Maggie ? demanda Séréna.

– Une prémonition, répondit Jimena. Je l'ai vue juste avant son départ.

Il arrivait souvent à Jimena d'avoir une prémonition dont elle devait parler à Maggie, mais cette fois-ci, Séréna éprouva l'impression dérangeante qu'il y avait quelque chose d'autre… et que Jimena n'en parlait pas. Elle finit par oublier ce soupçon. Jimena ne lui avait jamais rien caché jusqu'à présent.

Vanessa réfléchit un moment, puis expliqua :

– Catty dit que toutes les époques existent en même temps. Nous, on vit un jour après l'autre, parce que c'est ce qu'on nous a appris à penser. Catty doit avoir raison. Nous sommes ici, et elle est là-bas. Ça fait peur, hein ?

– C'est sûr.

Séréna pensa à Catty, dans le froid de la plage, alors qu'elles étaient en sécurité, sous les rayons tièdes du soleil. Elle se demanda ce que Catty voyait.

Au quatrième vide-grenier, Vanessa déclara :

– J'ai faim, et Catty devrait être rentrée maintenant.

Séréna, Vanessa et Jimena descendirent Fairfax Avenue en direction de Farmers Market. Des cars emmenaient des touristes au marché en plein air. Il y avait tellement d'endroits où manger que le choix s'avérait presque impossible.

Elles finirent par trouver une table sous un parasol, au Kokomo. Les touristes défilaient sans arrêt autour des tables du petit restaurant en plein air, en contemplant bouche bée les photos dédicacées des célébrités affichées sur les murs. Les visiteurs jetaient des regards aux trois amies, dans l'espoir de reconnaître quelqu'un de célèbre. Vanessa, Jimena et Catty en avaient l'habitude : elles avaient grandi à Los Angeles. Séréna, elle, venait de Long Beach : les touristes du paquebot *Queen Mary* ne cherchaient pas de star du cinéma.

Vanessa regarda sa montre :

– Catty est en retard, murmura-t-elle.

– On n'aurait pas dû la laisser partir, fit Jimena.

– Vous avez choisi ? demanda le serveur d'un air impatient.

– Encore deux minutes, répondit Vanessa.

Le serveur s'en alla. Tout à coup, des courants étranges agitèrent l'atmosphère comme des vagues de chaleur ; sentant ce changement, les gens levèrent les yeux au ciel comme s'ils craignaient un orage. Séréna sentit ses cheveux se hérisser sur sa nuque.

Catty tomba en boule à côté de leur table.

Autour d'elles, les gens se retournèrent pour la dévisager.

– D'où est-ce qu'elle sort ? demanda une femme.

– Elle a dû tomber du toit, ajouta un homme.

Le serveur regarda Catty comme s'il avait trouvé un cafard sur la table.

– Salut. (Catty se mit debout, dégoulinante, une algue enroulée autour du bras. Enchaînant aussitôt, elle se tourna vers l'attroupement qu'elle avait provoqué :) Ne ratez pas *Profondeurs marines*, prochainement sur vos écrans.

Des touristes prirent des photos, certains applaudirent.

– C'est Hollywood !

Catty se mit à rire, même si elle tremblait de froid. Ses trois amies l'entourèrent.

– Qu'est-ce qui t'est arrivé ? lui demanda Vanessa en lui enlevant les algues.

– Oui, quoi ? répéta Séréna en enlevant le sweater de Collin pour le poser sur les épaules de Catty.

– Et surtout, dit Jimena, qu'est-ce que tu as vu ?

– J'ai complètement foiré mon atterrissage, expliqua Catty. Je suis tombée dans l'océan et j'ai dû nager jusqu'à la plage.

– Pourquoi tu n'es pas revenue tout de suite ? demanda Vanessa.

– J'ai pas pu, fit Catty. J'ai paniqué.

Séréna s'insinua dans l'esprit de Catty. Elle vit l'obscurité, et sentit l'eau froide qui lui enlevait toute sa force.

Vanessa prit Catty dans ses bras :

– Il faut que tu sois plus prudente.

Saisie d'un frisson, Séréna sortit de l'esprit de Catty.

– Et si on allait chez moi ? suggéra-t-elle. C'est le plus près.

– Et si on allait plutôt chez moi ? proposa Vanessa trop vite.

– Pourquoi tu fais toujours ça ? lui demanda Séréna. Chaque fois que Catty est avec nous, tu ne veux pas qu'on aille chez moi. C'est quoi le problème ?

– C'est pas vrai, se défendit Vanessa.

– Mais si, intervint Jimena.

– C'est vrai, ça, ajouta Catty. C'est quoi, ce que je ne dois pas voir chez Séréna ?

– C'est idiot ! répondit Vanessa. Vous vous imaginez des choses.

Catty et Séréna se lancèrent un regard entendu.

Séréna s'infiltra dans l'esprit de Vanessa et essaya de découvrir pourquoi elle ne voulait pas que Catty aille chez elle. Elle repoussa des souvenirs de Michael, jeta un coup d'œil aux devoirs — elle ignorait que Vanessa travaillait autant — et finit par trouver des souvenirs de sa propre maison. Pourtant, elle ne découvrit rien. Elle sortit discrètement.

Vanessa la regardait :
— C'est nul, Séréna.
— Comment t'as su ? demanda celle-ci.
— Tout à coup, j'ai pensé à tous mes devoirs ! (Vanessa éclata de rire.) Tu as dû les faire remonter dans mon esprit par accident.

Séréna fronça les sourcils. Un peu plus tard, elles arrivèrent chez elle, où elles s'installèrent dans la cuisine. Séréna donna un sweat propre à Catty.
— Tu peux te changer dans la salle de bains, et prendre une douche si tu veux.
— Merci.

Catty sortit de la pièce.
— Elle a eu de la chance de ne pas se noyer, commenta Vanessa.
— On n'aurait pas dû la laisser partir, répondit Séréna en prenant du lait dans le frigo.

Tout à coup, on entendit Catty hurler. Les trois amies se précipitèrent vers la salle de bains.

Catty en jaillit :
— Y a une bête dans la salle d'eau !

Séréna l'écarta et vit Wally, penché sur la chasse d'eau, qui lavait méticuleusement une grappe de raisin.
— Mais non, c'est Wally. (Séréna prit son raton laveur et le montra à Catty.) J'aurais dû te prévenir, mais je croyais que Vanessa te l'avait dit.

Une expression curieuse apparut sur le visage de Vanessa.
— Hum, fit-elle.
— C'était ça, alors ? lui demanda Séréna. Tu ne voulais pas que Catty sache, pour Wally ? Et pourquoi ?

Avant que Vanessa ait pu répondre, Catty intervint :
— C'est incroyable que tu aies arraché un animal sauvage à son environnement naturel. Regarde, il boit dans la chasse d'eau !

– Il serait mort si je ne l'avais pas pris. Sa mère l'a abandonné. Et il ne buvait pas dans la chasse d'eau, il lavait du raisin, répliqua Séréna.

Catty insista :
– Il y a des refuges pour les animaux sauvages abandonnés. (Se tournant vers Vanessa, elle ajouta :) C'est incroyable que tu ne m'aies pas prévenue. Il faut qu'on fasse quelque chose !
– Tu comprends, maintenant ? dit Vanessa à Séréna.
– Et tu vas faire quoi, Catty ? lança Jimena en riant. Dénoncer Séréna ?

Elle prit Wally et le tendit à Catty. Le raton laveur lui lécha l'oreille, puis se mit à la coiffer. Catty caressa Wally en retour :
– C'est vrai qu'il n'a pas l'air malheureux. Après tout, mieux vaut vivre avec Séréna qu'être mort.
– Merci beaucoup, dit Séréna, sarcastique.
– Euh, désolée, s'excusa Catty. Ce n'est pas ce que...

Elle prit tout à coup un air très sérieux.
– N'en parlez jamais à ma mère, c'est tout. Jamais !

Elle reposa Wally et retourna à la salle de bains.

Quelques minutes plus tard, elle revint dans la cuisine, douchée et réchauffée. Elle raconta ce qui s'était passé aux trois autres :
– Une fois arrivée sur la plage, j'ai grimpé la falaise, mais je n'ai vu aucun feu. Même pas une odeur de fumée.
– J'ai dû tomber, alors. (Séréna se concentra sur ses souvenirs.) Pourtant, ça avait l'air tellement réel...
– En tout cas, on ferait bien d'en parler à Maggie. Jimena interrogea ses amies du regard.
– On lui en parlera en prenant le thé avec elle, jeudi prochain, ajouta Vanessa.
– D'accord.

Catty prit le jeu de tarot sur la table et le posa devant Séréna.
– Dis-nous notre avenir, à toutes les quatre à la fois.

Sa voix tremblait d'excitation, comme si elle luttait contre la gravité qui s'était emparée de Vanessa.

– Je ne sais pas si ça peut marcher, dit Séréna.
– Essaye !
Séréna battit les cartes.
– Je vais en poser trois, pas plus. Tout le monde pense à sa question pendant que je mélange. Elle leva les yeux. Ses trois amies la fixaient. Inutile de lire dans leurs esprits pour savoir ce qu'elles allaient demander : la vérité sur le feu de glace.
– Alors, maintenant, chacune va couper le paquet. On va avoir trois piles, une pour le passé, une pour l'avenir proche, et une pour la fin. Il n'y aura plus qu'à retourner les cartes…
Une fois le paquet coupé en trois, Séréna retourna la première carte de la première pile.
– Le diable. Ce n'est pas bon signe.
– Qu'est-ce que ça signifie ? demanda Catty.
– Ça signifie que nous sommes entrées dans un cycle négatif. Nos problèmes vont se multiplier, et nous ne réussirons pas à avoir une idée claire de la situation générale.
– Trop bizarre ! commenta Catty.
– Continue, fit Vanessa.
Séréna retourna sèchement la deuxième carte et la posa sur la table.
– La lune, dit Vanessa. Ça doit être bon signe pour nous.
– Non, murmura Séréna. Cette carte représente ce qui va se produire. À cause de certaines tromperies, les choses vont mal se passer.
– Beuh… fit Catty.
– C'est rien que des cartes, la rassura Vanessa. Ça ne veut rien dire, en fait. Retourne la suivante.
Séréna obéit.
– La papesse.
Sa main se mit à trembler. Vite, elle lâcha la carte et cacha sa main sous la table.
Ses amies la regardaient.
– Alors ? demanda Catty. C'est quoi, le résultat final ?

Séréna ramassa les cartes :
— Réessayons.
Elle battit le jeu, demanda à ses amies de le couper, puis tira une première, une deuxième et une troisième carte. Le diable, la lune, et la papesse sortirent à nouveau, dans le même ordre.
— Arrête ton cirque, lui intima Jimena.
— Je n'y suis pour rien, soupira Séréna.
— Ça signifie quoi, la papesse ? demanda Vanessa.
— Ça signifie que nous sommes à un carrefour, et que la fin sera différente de celle que nous attendons.
— Ça ne veut pas forcément dire qu'elle sera mauvaise, hasarda Vanessa d'un ton plein d'espoir.
— Des changements vont se produire, ajouta Séréna.
Elle n'aimait pas l'avertissement que la papesse semblait lui lancer.
— Laisse tomber, lança Catty. Les cartes ne peuvent pas prédire l'avenir, de toutes façons. D'ailleurs, j'en ai assez du tarot. Si on dansait ?
— Bonne idée, dit Jimena en allumant la radio. *Hay que ser muy desinhibida para esto*, Vanessa.
— Qu'est-ce qu'elle m'a dit ? demanda Vanessa.
— Tu dois laisser tomber tes inhibitions, la taquina Catty.
— Comment tu le sais ? répliqua Vanessa. Tu ne parles pas espagnol.
— Parce que tu es toujours coincée ! Si tu veux impressionner Michael, il va falloir remuer tes fesses !
Poussant un profond soupir, Vanessa se mit à danser au rythme de Jimena.
— *Con más sensualidad !* lui lança Jimena en ondulant des hanches.
— Ça, j'ai compris, fit Vanessa en souriant.
Séréna restait assise, les yeux fixés sur les cartes.
— Allez, viens.
Jimena la prit par la main et la tira vers elle. Séréna rejoignit son amie, tout en continuant à regarder la carte du

diable. La créature dessinée avait la tête et les pieds d'un bouc, mais la poitrine et les mains d'une femme. — C'est la carte la plus mystérieuse du tarot, chuchota Séréna. Ce n'est jamais bon signe.

— Arrête, lui dit Vanessa. Il faut qu'on travaille nos nouveaux pas de danse pour le concert de Michael au Planet Bang : je veux qu'on nous remarque !

— Qu'on *te* remarque, corrigea Catty.

— Ouais ! cria Vanessa, ravie.

Séréna se joignit à ses amies en essayant de se concentrer sur la danse ; mais elle n'arrivait pas à détourner le regard des cartes, qui semblaient la mettre en garde contre un grave danger.

Chapitre 4

Lundi, au lycée. Séréna posa son violoncelle et ouvrit lentement son casier, pensant encore à la sonate en sol mineur de Chopin. Il lui faudrait travailler davantage si elle voulait l'interpréter parfaitement pour le concert de cet hiver. Elle voulait se concentrer sur les mesures avec lesquelles elle avait le plus de difficultés, et commencer par celles-là, jusqu'à jouer les passages rapides avec toute la fluidité nécessaire.

Elle sortit son manuel d'algèbre et rangea son cahier de musique.

Quelqu'un referma son casier d'un coup de coude.

Elle se retourna vivement... et resta bouche bée.

Zahi se tenait devant elle. Venu de France, il était arrivé en Californie deux semaines plus tôt. D'un geste désinvolte, il repoussa la frange de cheveux noirs qui lui tombait sur les yeux. Un éclat doré scintillait à son oreille gauche. Séréna adorait son visage anguleux, ses yeux noisette, son accent français et son charme européen.

– Et... comment vas-tu, Séréna ?

Il avait l'accent le plus ravissant qu'elle ait jamais entendu. Si seulement elle pouvait s'empêcher de rougir.

– Salut.

Elle lui lança un sourire insolent. Elle aurait aussi bien pu porter une pancarte : *Séréna Killingsworth flashe sur Zahi, le nouveau venu, aussi beau qu'intelligent, qui parle français et...*

– Il paraît que tu peux me lire l'avenir dans tes cartes de tarot.

Il la regardait, ouvertement intéressé.

— Qui t'a dit ça ? demanda-t-elle.
— Morgan.
— Morgan, hein ?

Zahi et Séréna se parlaient un peu plus chaque jour, et Séréna était sûre qu'elle lui plaisait au moins à moitié autant qu'il lui plaisait, à elle. Cette histoire de cartes était-elle un prétexte pour lui rendre visite ? Elle le regarda dans les yeux, fascinée. Le seul mec aussi beau au lycée était Michael Saratoga, et il était totalement fidèle à Vanessa.

— Si tu peux voir l'avenir, est-ce que je dois avoir peur de toi ?

Il s'approcha d'elle. Elle sentit la chaleur qui émanait de son corps.

— Peut-être. (Elle se pencha vers lui, comme pour le défier de lui passer le bras autour du cou. La manière dont il la regardait la faisait fondre.) Il ne faut pas avoir peur de moi, continua-t-elle sur un ton encourageant. C'est juste pour le plaisir. Je lirai ton avenir gratuitement.

Est-ce qu'elle n'en faisait pas un peu trop ? En général, les mecs n'arrivaient pas à la séduire comme ça. Qu'est-ce qu'il avait de si spécial pour la faire réagir pareillement ?

— Je lirai ton avenir dans le café, proposa-t-il.
— Dans le thé, tu veux dire ?
— Non. Là d'où je viens, le café est si fort qu'on regarde au fond de la tasse pour lire dans le marc.
— Je ne savais pas qu'on faisait ça en France.
— Je parle français, expliqua-t-il, et ma famille a vécu en France, mais je viens du Maroc. Je parle aussi arabe.

Il avait chuchoté ce dernier mot, qui sembla flotter sur le visage de Séréna. Elle prit son violoncelle et s'avança dans le couloir. Il l'accompagna :

— Dis, est-ce que tu me trouves un tant soit peu intéressant ?
— Pardon ?
— Ou alors, tu fais partie d'un groupe religieux très strict ? Un qui ne te permet pas de parler aux garçons ?

— Pourquoi est-ce que tu dis ça ?
— Depuis une semaine, j'essaye de me faire inviter chez toi, et pour l'instant ça n'a pas marché.
Il lui posa la main sur le bras. Son sourire la faisait craquer. Elle n'esquissa aucun mouvement de recul.
— Alors ?
Il s'étira lentement. Son col roulé noir se souleva, et elle aperçut un soleil tatoué autour de son nombril.
— Bien sûr, tu n'as qu'à venir. (Elle montra du doigt son haut en cachemire fuchsia, son pantalon à motif zèbre, et demanda, aguichante :) Tu crois qu'un groupe religieux strict me laisserait m'habiller comme ça ?
Il éclata d'un rire musical qui lui donna envie de se jeter dans ses bras.
— Voilà pourquoi je voulais mieux te connaître. Tu t'habilles comme un arbre de Noël. Moi, je suis un artiste, je suis fou de couleur et de style. Regarde dans le hall : on pourrait se croire en plein hiver, non ? Tous en noir, en gris ou en bleu marine. Toi, tu viens d'un paradis tropical.
Elle n'y avait pas pensé avant. Le soleil brillait, mais le hall semblait plongé dans l'obscurité. Puis elle le regarda. Il ne portait que du noir : de son polo à col roulé à son jean en passant par son ceinturon, orné d'une étrange boucle en argent.
— Tu peux parler ! fit-elle en riant.
— J'aime ton rire.
Il se rapprocha encore d'elle. Elle voulut jeter un coup d'œil à son esprit. Elle se concentra, et fut immédiatement remplie de joie. Ses pensées et ses souvenirs étaient tous en français et en arabe. Peut-être qu'elle allait avoir un vrai copain, finalement. Impossible de répondre à ses pensées. Elle n'en comprenait pas un mot.
— À quoi est-ce que tu penses ? lui demanda-t-il.
— Je ne parle pas un mot de français. Ni d'arabe.
— Et c'est ça qui te rend si heureuse ?
— Peut-être, fit-elle. On verra.

– Tu souris toujours autant ? On dirait que tu caches un énorme secret.
Si seulement il savait.
– On peut dire ça, répondit-elle, amusée.
– Dis-le moi, murmura-t-il.
– Impossible.
– J'aime ton piercing à la langue.
Il toucha sa lèvre inférieure. Son cœur s'emballa. Son regard sur elle, le contact léger de son doigt sur sa lèvre... Tout à coup, Zahi prit un air sérieux et se pencha sur elle.
– Tu me plais, Séréna.
Sa main caressa sa joue. Elle voulut l'embrasser, au beau milieu du hall et des autres élèves qui les bousculaient. Il la fixa, comme s'il venait de lire ses pensées, et il lui prit la main.
– D'abord, mon invitation.
– Zahi. (Elle essaya de dire son nom – comme si elle ne s'était pas entraînée à le prononcer chez elle, devant le miroir...) Tu n'as qu'à venir chez moi ce soir, d'accord ?
Il s'approcha d'elle à la toucher, et elle se demanda s'il allait l'embrasser. Tout à coup, on entendit un tumulte dans la hall, et la magie disparut.
Ils se retournèrent. Morgan se dirigeait vers eux. Elle portait un manteau long en cuir, avec une robe rouge courte et moulante, et des cuissardes en daim bleu. Ses cheveux brillaient de l'éclat du soleil. Tous les garçons tournaient la tête à son passage, en faisant des commentaires ou en poussant des sifflements.
Zahi fixait Morgan. Il craquait pour elle, sans doute, comme la plupart des autres garçons.
– Ah, Morgan, dit sèchement Séréna.
– Tu es bien plus jolie, murmura Zahi.
– J'ai bien peur que non.
– Mais si, insista Zahi avec un sourire tueur. Tu as de la classe, du style, ça montre que tu es toi-même. Morgan, elle,

on dirait qu'elle sort d'un magazine. (Il lui posa doucement la main sur le bras.) Je dois aller en cours, le professeur a horreur des retardataires. On se voit bientôt, non ?
Il courut à reculons pour la regarder, puis se retourna et disparut dans le couloir.
– Du style, de la classe, répéta-t-elle à voix basse.
Jimena, Vanessa et Catty surgirent derrière elle.
– On dirait que tu sors d'un rêve… dit Jimena.
– C'est Zahi, expliqua Catty avec un sourire taquin. Il lui plaît, c'est clair.
– Il est vraiment mignon, approuva Vanessa.
– Séréna aime les mecs sombres et torturés, ajouta Jimena.
– Les artistes, se défendit Séréna.
– Et avec ton piercing sur la langue, comment tu vas l'embrasser ? lui demanda Jimena en souriant.
– L'embrasser ?
Séréna n'avait pas vraiment imaginé que le piercing pourrait poser problème. Est-ce que… ? Elle n'avait jamais pu embrasser son dernier petit copain, et les seuls autres baisers se limitaient à de petits bécots, à ses débuts au collège, bien avant qu'elle se fasse percer la langue.
– Ben oui, l'embrasser. C'est ce qu'on fait dans un couple, non ? demanda Vanessa, amusée.
– Sauf chez les invisibles, plaisanta Catty.
– C'est pas drôle, répliqua Vanessa.
Sa difficulté à embrasser Michael lui posait encore problème. Elle craignait que cela se reproduise.
– Évite de lui lécher la figure comme dans les films, lui dit Jimena. Les mecs ont horreur de ça.
– Comment tu sais ça ? se moqua Catty. Tu as déjà léché la figure de quelqu'un ?
– Écoutez la voix de l'expérience, se vanta Jimena. N'y allez pas trop vite, vous pourriez vous abîmer une dent. Et s'il vous fourre sa langue dans la bouche…

– Ah, c'est dégueulasse ! s'exclamèrent en chœur les trois autres.
– C'est ça la vie, *chicas*. Je continue ou pas ? répliqua Jimena.
– Oui, moi je veux entendre, fit Séréna.
– Moi aussi, ajouta Vanessa.
– S'il vous fourre la langue dans la bouche, reprit Jimena, repoussez-le en souriant. Il finira par comprendre.
– Et sinon ?
– Sinon, mettez-lui juste le bout de la langue : comme ça, il comprendra qu'un baiser, c'est pas du bouche-à-bouche pour les noyés.
– Vous êtes pitoyables, lança une voix derrière elles.
Elles se retournèrent. Morgan les fixait, narquoise :
– Si quelqu'un vous plaît, ça viendra tout seul.
– Toi, peut-être que tu embrasses toujours des mecs habitués à rouler des pelles. Mais nous, on sort avec des gens normaux, sans maladies.
– Qu'est-ce que c'est pas drôle, répliqua Morgan. D'ailleurs, c'était quand ton dernier mec, Catty ?
– *No seas pesada*, marmonna Jimena.
– Quoi ? fit Morgan.
– Elle dit que tu nous les brises, Morgan, traduisit Catty.
Morgan fixa Jimena, qui soutint son regard, l'air batailleur.
– Qui c'est qui doit se faire embrasser, alors ? demanda Morgan en se mettant du rose à lèvres.
Pas de réponse.
– De toutes façons, je le saurai, reprit Morgan en lançant un regard de défi à Jimena.
Catty intervint :
– Depuis quand ça t'intéresse, Morgan ?
– Après tout, je m'en tape.
Morgan prit un air moqueur :
– Tu seras chez toi cet après-midi, Séréna ?
– Ouais, peut-être, pourquoi ?

– Comme ça.
Morgan prit un livre dans son casier et s'en alla.
– Qu'est-ce qu'elle me tape sur les nerfs, celle-là ! commenta Séréna.
Vanessa intervint :
– Vous devriez lui donner une chance.
Ses trois amies la dévisagèrent d'un air incrédule.
– C'est vrai, après tout, elle a seulement essayé de te voler Michael, ironisa Séréna.
– Et je te parie qu'elle va réessayer, renchérit Catty.
La cloche sonna, et elles partirent en cours.
Séréna oublia vite Morgan : il lui fallait préparer la venue de Zahi. Des cookies faits maison, pourquoi pas ? Elle décida de faire un saut chez Ralph sur le chemin du retour, pour acheter des pépites de chocolat.

Séréna regardait la terrasse depuis sa cuisine. L'arôme des cookies chauds se répandait dans la pièce. Une lune gibbeuse brillait dans le ciel, avant même le coucher du soleil.
– Ces cookies sont les meilleurs que tu aies faits, lui dit Jimena. On devrait en vendre, sérieux.
Collin entra par la porte de derrière.
– Salut, fit-il, le nez et les lèvres encore couverts d'oxyde de zinc.
– *Oye*, Séréna, il y a un *payaso* dans ta cuisine !
– Ça t'arrive, de rentrer chez toi ? lui demanda Collin agacé.
Il prit une poignée de cookies.
– C'est pas pour toi, l'informa Jimena. C'est pour Zahi.
– Zahi ? C'est qui ?
Séréna se sentit paniquer. Maintenant, Collin savait qu'un garçon allait venir. Est-ce qu'il allait jouer les grands frères, comme d'habitude ?
– C'est un ami de ta sœur, expliqua Jimena.
Collin regarda Séréna :
– Je l'ai déjà rencontré, ce type ?

— Non. (Séréna s'efforçait de rester calme.) Il vient d'arriver.
— Ça serait peut-être bien que je le voie, alors.
— T'as pas une vie à toi ? se moqua Jimena. Si tu avais une copine, t'aurais pas besoin de jouer les chaperons pour Séréna.
Collin lui jeta un regard furieux :
— Ouais, une copine bien pénible, comme toi.
Les yeux de Jimena s'embrasèrent.
— Vous allez arrêter, oui ?
Séréna n'en pouvait plus.
Collin consulta sa montre :
— À plus, fit-il.
Il sortit.
— Mais quel petit… commença Jimena.
Séréna l'interrompit :
— Ça t'est jamais venu à l'idée que si vous passez votre temps à vous engueuler, c'est parce que vous vous plaisez, en fait ?
— *Mira*, Séréna, répondit son amie, tu lis dans mes pensées, alors tu sais que c'est faux.
On sonna à la porte.
Séréna sortit en courant de la cuisine, dans l'espoir que ce soit Zahi. Elle ouvrit la porte en grand. Morgan se tenait sur la terrasse carrelée, observant les grenouilles et les trolls en terre cuite nichés sous un cactus.
— Morgan ? dit Séréna, sans cacher sa déception.
— Tu peux dire bonjour, ça marche bien aussi, lança Morgan en entrant comme chez elle.
— Tu veux quoi ? demanda Séréna.
Morgan regardait par-dessus son épaule pour mieux voir à l'intérieur. Séréna avait horreur de ça. Morgan agita un billet de vingt dollars sous son nez :
— Je veux que tu me lises les cartes.
Elle était habillée comme au lycée ce matin. Séréna la dévisagea.
— S'il te plaît, lui demanda Morgan sur un ton radouci.

– La boutique aux esprits est fermée, répondit Séréna.

Elle s'insinua dans l'esprit de Morgan pour voir la raison véritable de sa visite. Son cerveau était sens dessus dessous, avec des pensées à demi formulées et beaucoup d'inquiétudes. Séréna avait toujours cru que Morgan était sereine. C'était l'image qu'elle donnait… mais ce n'était qu'une image. Séréna pénétra plus profondément, à la recherche d'une idée, d'une piste à suivre. Un discours en public important jeudi. Du shopping. Une carte bleue, un compte dans le rouge. Dans le rouge ? Séréna ne possédait même pas de carte bleue. Tout à coup, elle trouva ce qu'elle cherchait. Collin plaisait à Morgan. Non, plus que ça. Impossible. Séréna ne laisserait pas Collin devenir un trophée de plus pour Morgan.

– Séréna.

Une voix douce… puis quelqu'un lui criait dans les oreilles. À regret, elle sortit de l'esprit de Morgan.

– Qu'est-ce que t'avais ? (Morgan se frottait les tempes comme si elle avait senti la présence de Séréna dans sa tête.) On aurait dit que tu étais en transe.

– Je réfléchissais, c'est tout.

– Alors, tu vas me lire les cartes ? lui demanda Morgan avec impatience.

– D'accord.

Séréna ferma la porte d'entrée. Une idée lui vint. Une idée désagréable, mais il fallait éloigner Morgan de Collin.

– C'est sombre ici, se plaignit Morgan.

– Allume la lumière, alors, répondit Séréna en se dirigeant vers la cuisine.

Elle ne voulait pas que Morgan ait des soupçons en la voyant sourire. Morgan actionna un interrupteur ; le lustre de cristal éclaira le vestibule d'une lumière éblouissante. Elle suivit Séréna jusqu'à la cuisine, qui sentait bon les cookies chauds.

Pelotonné sur la table, Wally regardait Jimena couper un pantalon kaki. Elle voulait le recoudre pour en faire une jupe longue.

– Ah, c'est immonde, lança Morgan.

– Quoi ? fit Séréna, en se demandant si Morgan parlait de la jupe.

– Le raton laveur, continua Morgan, écœurée. Ils ont des maladies, tu sais, et on peut les attraper.

– Je l'emmène au véto tous les deux ou trois mois.

– De toutes façons, tu n'as probablement pas le droit d'en avoir un ici.

– Et alors, tu vas faire quoi ? intervint Jimena.

Wally dut sentir la tension qui montait. Il descendit de la table et se dirigea tranquillement vers Morgan. Elle recula, agitant le bas de son manteau pour le faire partir.

Jimena éclata de rire. Morgan lui lança un regard venimeux.

Séréna apporta une assiette pleine de cookies :

– Tiens, prends-en un, je viens de les faire.

Morgan regarda les cookies comme si c'était de la mort-aux-rats.

– Non merci.

Elle épousseta soigneusement sa chaise avant de s'asseoir. Séréna s'assit en face d'elle et battit les cartes. Elle posa le paquet devant Morgan.

– Coupe trois fois le paquet de la main gauche.

Morgan fit à Jimena :

– Eh, c'est personnel, d'accord ?

– Mais comment donc.

Jimena prit son pantalon et sortit. Morgan fit trois piles de cartes, mais ses yeux restaient fixés sur la porte de derrière, comme si elle s'attendait à voir Collin arriver d'un instant à l'autre.

Séréna prit les cartes. Que ferait Morgan si elle savait que Collin était au premier ? Elle trouverait probablement une raison pour monter et entrer accidentellement dans sa chambre.

Séréna retourna la première carte et ne prit même pas la peine de la regarder.

– Tu es venue ici à cause d'un mec, annonça-t-elle comme si elle lisait la carte.

Morgan sourit, impressionnée.

– Oh, non, gémit Séréna en tournant la deuxième carte.

– Quoi ?

Morgan se pencha en avant. Comment faisait-elle pour avoir un look aussi parfait ?

– Tu ne l'intéresses pas, continua Séréna.

Est-ce que c'était vrai ? En réalité, elle ne savait pas ce que son frère pensait de Morgan.

Une expression différente apparut sur le visage de Morgan. De la tristesse ? Morgan ? Soudain, Séréna la prit en pitié. Elle retourna dans son esprit et y vit une pensée surprenante. De la jalousie. Morgan, jalouse d'elle ? De Séréna Killingsworth ? Elle examina ce sentiment, étonnée de voir à quel point Morgan admirait l'élégance de Séréna, et son talent. Séréna se radoucit un peu. Elle sortit lentement du cerveau de Morgan et retourna la carte suivante. Elle allait dire qu'il restait de l'espoir, quand Morgan la coupa :

– Tu sais, Séréna, il faut vraiment que tu fasses quelque chose pour tes vêtements. Ça gêne beaucoup ton frère.

Séréna en resta bouche bée. Est-ce que c'était vrai ? Collin lui avait dit ça ? Frénétiquement, elle s'introduisit dans les pensées de Morgan, à la recherche d'une conversation que Morgan aurait pu avoir avec son frère à ce sujet. Elle ne la trouva pas, et finit par sortir de l'esprit de Morgan.

Celle-ci lui lança un regard étrange.

– Tu as une aspirine ? demanda-t-elle.

Séréna partit en chercher dans le placard, et revint avec deux cachets et un verre d'eau, qu'elle tendit à Morgan.

Collin entra dans la cuisine. Il avait mis un pantalon kaki et une chemise hawaïenne en rayonne, d'époque, avec des motifs de plages et de palmiers. Séréna la lui avait trouvée chez Aardvark.

– Salut, Collin.

La migraine de Morgan avait miraculeusement disparu. Elle croisa les jambes, laissant apparaître une jolie bande de peau bronzée au-dessus de ses bottes.

Collin eut l'air surpris de la voir. Surpris, oui, mais ennuyé ? Non. Il regardait Morgan avec un plaisir réel.

– Hé, quesstu d'viens ?

Morgan jeta un regard en coin à Séréna :

– Tes cartes ont dû se tromper.

– Quoi ? demanda Collin.

– Rien, Séréna essayait de me pourrir la vie.

Morgan se leva et se mit à jouer avec les boutons de chemise de Collin.

– Je ne fais que lire les cartes, mentit Séréna.

– Ne t'inquiète pas, va, dit Morgan. Je suis tellement habituée à ta jalousie qu'elle ne me touche plus.

– Quoi ? J'ai jamais été jalouse de toi.

– Oh, pitié. Il n'y a qu'à voir comment tu me regardes.

Séréna regarda Morgan, puis Collin. Elle s'attendait à ce qu'il prenne sa défense, mais au lieu de cela, il la regardait comme si elle l'avait déçu.

Elle savait qu'elle ne devait pas utiliser son don à son avantage. Maggie le lui avait enseigné. En particulier quand cela pouvait nuire à quelqu'un. Tant pis. Elle se replongea dans les pensées de Morgan, jusqu'à ce qu'elle trouve le fameux discours, celui que Morgan devait prononcer jeudi pour motiver l'équipe de foot. Un coup de zapping, et le discours que Morgan avait si durement préparé se retrouva derrière un souvenir plus gênant. Celui d'une fête de Noël, au collège, où Morgan avait gonflé son soutien-gorge avec des kleenex. Comme Séréna n'avait pas encore perfectionné ce pouvoir, Morgan réussirait probablement à se rappeler une partie de son discours. Mais de toutes manières, elle perdrait son habituelle confiance en elle. Satisfaite, Séréna sortit de l'esprit de Morgan.

Celle-ci se frotta le front.

– Ça va ? lui demanda Collin, l'air inquiet.
– J'ai mal à la tête, c'est tout. Morgan jeta un regard soupçonneux à Séréna. Ça ne m'arrive jamais.
Séréna essaya de dissimuler son sourire malicieux en se fourrant un cookie dans la bouche.
Morgan continuait à se masser les tempes.
– Allez, on va faire un tour à la plage, dit-elle à Collin. Il faut que je prenne l'air.
– D'accord, fit Collin.
– Au fait, tu ne dois pas t'entraîner, pour ton discours ? demanda Séréna en étouffant un rire.
– Quel discours ? demanda Morgan, étonnée.
– Celui que tu dois prononcer jeudi, pour motiver l'équipe, répondit Séréna sur un ton innocent.
Morgan réfléchit un moment, comme si elle essayait de rassembler ses pensées.
– Oui... enfin, je sais pas.
Ils sortirent, et Jimena se glissa dans la cuisine.
– Bon. Qu'est-ce que tu lui as fait ?
– Comment tu sais que j'ai fait quelque chose ?
– Tu avais une vraie tête de zombie, avec les yeux écarquillés. Tu étais forcément dans ses pensées.
– Tu crois que Morgan s'en est rendu compte ?
– Elle ne fait attention qu'à elle. Alors, tu lui as fait quoi ?
Séréna pensa tout à coup à Maggie.
– Je vais avoir de gros ennuis. (Maggie allait être déçue.) J'ai zappé les pensées de Morgan. Pas beaucoup, mais juste assez. Disons que la réunion de jeudi sera franchement différente, cette fois-ci.
– Ça me va, fit Jimena. D'habitude, c'est d'un ennui mortel. J'attends de voir ça avec impatience.
– Je n'aurais pas dû le faire... mais elle m'énerve tellement, celle-là !
– T'en fais pas pour elle. C'est une *rata*.
– *Rata* ? C'est un rat ? demanda Séréna.

— Une fille qui traîne en attendant les mecs. C'est pas une vie qu'elle a. Bon, je dois filer à l'hôpital pour enfants, il faut que je fasse mes heures pour ce mois-ci. Désolée.
— À demain, dit Séréna.
Après le départ de son amie, Séréna prit son violoncelle. Elle adorait le contact du bois sous ses doigts. Elle rêvait de rencontrer Yo-Yo Ma ou Han-Na Chang, ses idoles, sur scène ou lors d'une master class. Elle se mit à jouer. La musique emplit la pièce, triste et nostalgique.
Elle ne jouait que depuis quelques minutes lorsqu'un bruit la fit sursauter.
Zahi la regardait.
— Je suis désolé, s'excusa-t-il, mais ta porte de derrière était ouverte et j'ai entendu le violoncelle. Il m'a attiré vers toi, comme un appel. C'est une musique merveilleuse.
— Merci répondit-elle, en s'étonnant que son intrusion ne la dérange pas.
Après tout, il était entré chez elle sans frapper ni s'annoncer. Il s'assit à ses côtés.
— J'adore le violoncelle, ajouta-t-il timidement.
— Moi aussi. Il communique les émotions comme aucun autre instrument, à sa manière triste et théâtrale. Il exprime tellement de choses qu'on dirait presque qu'il est humain.
Elle rougit, se sentant tout à coup ridicule de partager sa passion avec lui.
— Ce n'est pas lui, c'est toi, chuchota-t-il.
Elle avait l'impression qu'il lui parlait du plus profond de lui-même, d'un endroit qu'il montrait rarement. Zahi reprit :
— Le violoncelle, ce n'est que du bois et un archet. C'est toi, le véritable instrument. Ce sont tes émotions profondes que tu entends lorsque tu joues.
Il lui caressa les cheveux.
— Merci, murmura-t-elle, très émue d'avoir partagé cette intimité avec lui.
— Joue encore, s'il te plaît.

Elle reprit son violoncelle et attaqua une longue note soutenue.

Puis ses doigts commencèrent à danser sur les cordes, et elle pénétra dans un autre monde. Zahi et la cuisine avaient disparu. Seule restait la musique qui tourbillonnait autour d'elle.

Chapitre 5

Assise sur une chaise pliante, Séréna supportait avec résignation l'odeur de renfermé du gymnase. Trop de matchs de basket, pas assez d'aération. Séréna se sentait nerveuse. Les chaussures de sport grinçaient sur le plancher de bois poli au fur et à mesure que les lycéens s'entassaient dans la salle en discutant bruyamment. La réunion de motivation allait commencer.

Finalement, on baissa la lumière et Morgan fit son entrée sur scène, souriant aux joueurs de football assis derrière elle. Elle arborait un pantalon à fleurs, un haut à col carré, et une incroyable confiance en elle. Séréna dut reconnaître, malgré elle, que Morgan en jetait.

Morgan régla le micro à sa hauteur. Nerveuse, elle tortillait une mèche de cheveux. Elle se racla la gorge, puis se lança :

– La pire journée de ma vie, ça a été la fête de Noël, quand j'avais douze ans.

Le public la regarda, un peu incrédule. Derrière elle, les gars de l'équipe de football s'agitèrent nerveusement sur leurs sièges.

– Ce jour-là, j'avais gonflé mon soutien-gorge avec des kleenex, dit Morgan.

Elle avait parlé trop fort, et le microphone émit un son strident.

– Ouaiaiaiais ! ! cria quelqu'un dans le public.

Il y eut des rires. L'entraîneur Dambrowsky monta sur scène en vitesse, son pas lourd résonnant sur les planches.

— Au moment où je me suis mise à danser, les kleenex sont tombés l'un après l'autre, continua Morgan, sérieuse. Pour finir, je me suis enfermée dans les toilettes et j'ai vidé mon soutien-gorge.

Morgan leva les yeux comme si elle venait de se rappeler quelque chose.

— Alors, évitez les kleenex dans le soutien-gorge. Vous croyez peut-être que les mecs n'aiment pas les filles plates, mais ce jour-là, j'ai découvert que si.

Rires et applaudissements masculins.

Morgan voulut reprendre la parole, mais l'entraîneur Dambrowsky saisit le micro :

— C'était très intéressant, Morgan, mais on va présenter l'équipe, maintenant.

Il lui rendit le micro.

Morgan le remercia et jeta un œil en direction de l'équipe de football. Les joueurs, vautrés sur leurs chaises, lui faisaient des sourires carnassiers.

Morgan resta silencieuse un long moment, comme si elle essayait de se rappeler quelque chose d'autre.

— J'aurais dû prendre des chaussettes, continua-t-elle, mais j'avais peur qu'elles se mettent à puer. (Elle se prit les seins :) Je suis bien contente de ne plus avoir à m'en faire pour ça... plus besoin de mettre de soutifs rembourrés.

Le public mugit, siffla, et l'équipe de foot applaudit à tout rompre. L'entraîneur reprit le micro.

— Merci, Morgan, fit-il nerveusement. Va t'asseoir, si tu veux ; c'est moi qui vais présenter les joueurs.

Morgan obéit. Même depuis le fond, Séréna voyait qu'elle était rouge pivoine.

Les quatre amies sortirent du gymnase ; le public riait encore.

— Pourquoi est-ce que Morgan a raconté ces histoires de soutien-gorge ? demanda Catty.

— Quel rapport avec un match de foot ? ajouta Vanessa.

– Mais si, bien sûr ! gloussa Jimena.
– Eh, tu as promis de ne rien dire ! dit Séréna d'un air de reproche.
– Ah, d'accord. Qu'est-ce que tu lui as fait ? demanda Catty à Séréna.
– C'etait donc ça ! J'ai toujours su qu'elle avait gonflé son soutien-gorge. Je me souviens de cette fête de Noël, dit Vanessa.
– Allez, Catty, fais-nous remonter le temps, je veux réécouter son discours, demanda Jimena.
– C'est parti, on y retourne !
Les pupilles de Catty se dilatèrent, et la grande aiguille de sa montre se mit à tourner à l'envers. Séréna lui prit le poignet.
– C'est pas drôle. Je me sens vraiment coupable.
– Ça, tu peux, reconnut Vanessa. Tout le lycée l'a entendue. Elle va raser les murs !
– Et pourquoi est-ce que Séréna devrait se sentir coupable ? demanda Catty. Après tout ce qu'elle a fait, Morgan l'a bien mérité.
Michael Saratoga apparut derrière Vanessa et la prit dans ses bras. Ses cheveux bruns ébouriffés lui tombaient sur les épaules. Il avait un tatouage en forme de barbelé sur le biceps. Avec son visage viril, son sourire et ses yeux noirs au regard tendre, il ne faisait pas craquer que Vanessa.
– Salut les filles. Pourquoi Morgan a déliré comme ça, vous avez une idée ?
– Non ! répondirent-elles en chœur.
– Je demandais, c'est tout.
Michael sourit. Morgan fonça sur elles, le visage encore rose.
– Sale sorcière ! hurla-t-elle à Séréna.
Tout le monde se tourna vers elle.
– Je sais très bien que tu m'as envoûtée !
– Tu te sens bien ?
Jimena s'avança sur Morgan et la repoussa. Séréna saisit son amie par le bras.

Morgan lui jeta un regard furieux :
— Je suis montée sur scène et j'ai raconté à tout le lycée la journée la plus ridicule de ma vie... tu as forcément fait quelque chose !
— Et j'aurais fait quoi ? demanda Séréna, du ton le plus sincère qu'elle put.
— Tu sais lire l'avenir, mais je parie que tu fais d'autres trucs. Tu m'as sans doute jeté un sort, parce que je plais à ton frère ! Comment j'aurais oublié mon discours, sinon ? Enfin quoi, j'ai raconté à tout le monde cette histoire de kleenex...

Morgan s'arrêta net. Elle regarda Michael, et se remit à rougir. Tout le monde éclata de rire, sauf Séréna.
— Personne ne t'a envoûtée, Morgan, lui dit Michael. Simplement, tu as fais ce que tu fais toujours.
— C'est-à-dire ?
— Tu n'as fait attention qu'à toi-même.
— Mais je n'oublie jamais mes discours !
— Si Séréna t'a fait quelque chose, tu devrais la remercier, ajouta Michael. C'était la meilleure réunion de motivation qu'on ait eu de toute l'année.
— Tu as tout à fait raison... lança Morgan, à quoi je pense ? Ça doit être la fatigue, après ma brillante prestation.

Elle s'éloigna en trombe.
— Eh bien ! (Michael avait l'air inquiet.) Je ne l'ai jamais vue dans un état pareil. Elle va péter les plombs, vous croyez ? On devrait peut-être en parler à quelqu'un...

Mais non, ça ira, le rassura Vanessa.

Elle s'en alla avec Michael.
— Ne laisse pas Morgan te saper le moral, dit Catty à Séréna. C'était vraiment drôle, ce que tu as fait.

Séréna lut dans les pensées de Catty, et vit qu'elle allait se repasser en boucle le discours de Morgan.
— À tout à l'heure, au Chado.

Là-dessus, Catty s'en alla. Séréna jeta un œil à sa montre.

– Il faut que j'y aille, ou je serai en retard pour ma leçon de violoncelle.
– OK, à plus, dit Jimena.

Séréna alla chercher son violoncelle dans la salle de musique, puis se rendit chez Bella pour prendre sa leçon.

Elle avait du mal avec les passages rapides. Bella faisait claquer sa langue impatiemment chaque fois qu'elle hésitait... la note finale, longue et mal tenue, fut de trop : Bella toucha doucement l'archet pour lui faire signe de s'arrêter.

– Séréna, dit-elle avec son fort accent russe, est-ce que tu sais que tu joues du violoncelle ? Ou peut-être tu penses que c'est un tambour ?

– Désolée, répondit Séréna, gênée.

Poussant un profond soupir, Bella s'assit à côté d'elle, lui entourant les bras pour lui montrer où elle devait placer ses doigts.

Bella retira ses mains, dégageant une odeur de lilas. Séréna rejoua la mesure.

– Parfait. (Bella applaudit.) Avoir une élève comme toi, Séréna, est l'une des grandes joies de mon existence.

– Mais... ajouta Séréna.

– Mais une artiste doit se dévouer à son travail, jour après jour, même si elle n'en a pas envie, même les jours où elle pense aux garçons, aux robes ou à la danse. Le talent seul... (Elle soupira.) Un musicien moins doué réussira mieux s'il travaille, mais il ne fera jamais vibrer les autres comme tu le fais, Séréna. Tu sais communiquer tes émotions... mais cela demande des sacrifices.

Bella se dirigea vers la fenêtre, comme si elle se retrouvait subitement seule. Puis elle se retourna vers son élève.

– Reste fidèle à toi-même, Séréna.

Vingt minutes plus tard, Séréna arrivait au Chado. Elle aimait son décor, avec les boîtes de thé en métal alignées sur les murs. Elle entra dans la pièce où l'on servait le thé. L'endroit était déjà bondé. Elle aperçut Maggie, assise près de la fenêtre. Avec ses longs cheveux gris noués en chignon, elle ressemblait vraiment à une institutrice à la retraite. Maggie faisait glisser ses doigts fins sur sa tasse, en souriant d'un air rêveur.

Séréna se dirigea vers elle et posa son violoncelle à côté. Maggie se leva pour l'embrasser. Séréna ébaucha un sourire qui se figea aussitôt. Maggie la regardait d'un air étrange.

– Qu'y a-t-il, Séréna ? Tu sembles troublée.

– Je...

Séréna baissa les yeux. Les Filles de la Lune n'étaient jamais censées utiliser leurs pouvoirs au détriment des autres. En « zappant » Morgan, Séréna l'avait pourtant fait, même si Morgan le méritait bien. Comment allait-elle le dire à Maggie ? Elle ne voulait pas la décevoir.

Avant qu'elle puisse expliquer ce qu'elle avait fait, Jimena, Vanessa et Catty entrèrent dans le salon de thé.

– Salut, fit Catty en s'asseyant. Séréna, tu as parlé de ton rêve à Maggie ?

– Non, répondit Séréna.

– Quel rêve ? s'enquit Maggie.

– Quelque chose de très étrange, dit Séréna lentement. Il y avait un feu.

– Oui, ajouta Jimena, sauf qu'il était froid.

– Les flammes étaient froides, mais le bois brûlait quand même, précisa Séréna.

– Le bois, oui, mais pas la fille qui était dedans, continua Vanessa. Comment est-ce qu'elle s'appelait ? Lecta ?

Maggie sursauta.

– Qu'est-ce qu'il y a ? lui demanda Séréna, inquiète.

Maggie était trop puissante pour qu'on puisse lire dans son esprit, mais ses émotions vibraient dans l'air comme une aura.

– Mon Dieu, Séréna..., murmura Maggie, visiblement inquiète.

Séréna lui prit les mains :

– Dites-moi.

— Tu as assisté à une cérémonie mystique de l'Atrox, j'en ai peur, dit Maggie d'un ton solennel. Je voulais vous parler des nouveaux Suiveurs, mais ce feu semble encore bien pire. *Frigidus ignis.*

— Qu'est-ce que c'est ? s'enquit Jimena.

— L'Atrox donne l'immortalité à certains Suiveurs choisis qui ont fait leurs preuves, et… (Maggie s'arrêta, puis reprit :) … aux Filles de la Lune qui se tournent vers l'Atrox en devenant des Suiveurs. L'élu entre dans le feu froid ; les flammes lui accordent la vie éternelle en brûlant sa mortalité.

— Ce n'était pas un rêve ? demanda Séréna abasourdie.

— Mais j'y suis retournée, protesta Catty. Je n'ai pas vu de feu.

— Tu n'as pas pu le voir, répondit Maggie. L'Atrox ne t'aurais pas permis de le voir, sauf si…

Elle regarda Séréna et se tut brusquement.

— Sauf si quoi ? demanda Séréna.

— Lecta n'était pas le nom de la fille, reprit Maggie. *Lecta* signifie « l'élu », ou *Lectus* si c'est un garçon. C'est un très grand honneur d'être choisi parmi les légions de Suiveurs, et de recevoir ainsi l'un des pouvoirs les plus puissants que l'Atrox puisse accorder… l'immortalité.

— On aurait pu croire que les Suiveurs en auraient entendu parler et qu'ils auraient tous sauté dans le feu, fit remarquer Jimena. Enfin, quoi, la vie éternelle !

— Ce n'est pas si simple, corrigea Maggie. L'Atrox doit vous inviter dans le feu. Sinon…

— Sinon quoi ? demanda nerveusement Catty.

— Celui qui essaye d'entrer dans le feu, ou se contente même d'y passer la main sans y avoir été invité… meurt d'une mort horrible.

Séréna frissonna. Elle avait passé la main dans les flammes. Qu'est-ce que cela signifiait ?

— Mais pourquoi est-ce que l'Atrox me permettrait d'assister à cette cérémonie, à moi et pas à Catty ? demanda-t-elle.

— C'est une cérémonie incroyablement ancienne. J'ignorais qu'elle était encore pratiquée.

Séréna ne pouvait plus dissimuler le malaise qui s'emparait d'elle. Maggie lui posa une main sur l'épaule :

— Tu dois faire attention. L'Atrox et ses Suiveurs peuvent se montrer très séduisants. Par la ruse, ils pourraient te faire devenir l'une des leurs sans même utiliser leurs pouvoirs de volonté.

— Est-ce que... je suis l'élue ? articula péniblement Séréna.

— On te protégera. Il ne t'arrivera rien, l'assura Jimena.

— Tu te souviens des tarots ? Le diable, la lune et la papesse. Les cartes prédisaient ma chute, dit Séréna.

— Non, fit Maggie fermement. Il ne faut jamais être fataliste.

— Mais d'après vous, l'Atrox ne laisse entrer dans le feu que les élus...

— Non, coupa Maggie. J'ai dit que l'Atrox était tentateur. L'un des pouvoirs du mal consiste à faire croire en un destin inéluctable, mais l'espoir n'est jamais perdu.

La serveuse arriva, portant un plateau de canapés et de pâtisseries. Maggie leur servit le thé et reprit :

— Il vous faut être fortes, à présent. Ce nouveau groupe de Suiveurs possède un lien avec le feu de glace, même si c'est Stanton et son groupe d'Hollywood qui l'ont montré à Séréna. Souvenez-vous : il existe une forte compétition entre les Suiveurs pour grimper dans la hiérarchie de l'Atrox.

Maggie jeta un œil autour d'elle puis continua :

— Comme les Filles de la Lune vivent à Los Angeles, il est normal que des Suiveurs ambitieux s'y retrouvent, dans l'espoir de remporter la plus belle des victoires : la séduction d'une Fille de la Lune... ou le vol de ses pouvoirs. L'Atrox récompenserait un tel exploit en admettant le Suiveur au sein de son cercle intérieur.

Maggie expliqua à voix basse :

– L'Atrox n'a aucun scrupule. Il peut très bien avoir manipulé Stanton pour qu'il montre le feu à Séréna ; ainsi, elle peut devenir plus vulnérable, susceptible de se jeter dans le feu.

Séréna écoutait, paralysée. Maggie pensait-elle qu'elle trahirait les Filles de la Lune ?

Jimena prit la main de son amie.

Maggie sembla lire dans ses pensées :

– Jadis, les gens croyaient qu'Hécate avait trahi en devenant une puissance maléfique, mais c'était faux.

– Qui etait Hécate ? demanda Catty.

– La déesse de la lune sombre, expliqua Maggie.

– Si c'est la déesse de la lune sombre, elle doit être maléfique, intervint Vanessa.

– Et pourquoi donc ? demanda Maggie d'un air étonné. Il faut bien que quelqu'un règne sur l'obscurité. C'est dans le noir que les gens ont le plus besoin d'aide, n'est-ce pas ?

– Alors, Hécate était une bonne divinité ? demanda Jimena.

– Elle fit beaucoup de bien, dit Maggie d'un ton hésitant, mais…

– Mais quoi ?

– Je ne sais pas… elle vécut peut-être trop longtemps dans l'obscurité.

Tous les regards se portèrent sur Séréna. Ses amies pensaient-elles qu'elle allait régner sur la nuit ? Devenir Suiveur ?

Maggie reprit :

– Hécate illustre parfaitement la lutte entre le bien et le mal qui se déroule en chacun de nous.

Tout à coup, Séréna se sentit mal à l'aise. Il lui fallait bouger. Ses muscles étaient tendus, ses mains serraient la table à en trembler. Elle se leva d'un bond.

– Il faut que j'y aille.

– Reste, s'il te plaît, lui dit doucement Maggie.

Séréna voulut sourire, mais des larmes brûlantes apparurent au coin de ses yeux. Elle prit son étui à violoncelle et sortit en courant.

Elle ne ralentit qu'au carrefour de La Cienega : le feu était vert. Elle regarda les voitures qui passaient devant le Beverly Center. Le parking se trouvait en hauteur, pour éviter les fuites de gaz méthane. Le risque chimique, potentiellement mortel, existait dans ce quartier de Los Angeles. Le centre commercial adoptait une forme étrange, car il s'enroulait autour d'un puits de pétrole.

Quelqu'un l'appela.

Séréna se retourna. C'était Zahi.

– Salut, Séréna, tu fais quoi ? (Il courut vers elle.) Tu rêvais ? Tant mieux, ça m'a permis de te rattraper.

Séréna jeta un œil au feu. Il allait repasser au vert pour les voitures.

Zahi prit son violoncelle et ils traversèrent l'avenue en courant. Des klaxons retentirent.

– Tu as l'air soucieuse, remarqua Zahi. Il y a quelque chose qui ne va pas ?

– Ce n'est rien.

– Tu veux m'en parler ? Ça ira mieux après.

Il lui prit la main. Ce contact la surprit. Elle le regarda droit dans les yeux. Il la fixait intensément, comme si elle était la seule personne au monde qui comptait pour lui. Tout à coup, la mise en garde de Maggie ne sembla plus très importante à Séréna. Elle avait déjà connu le danger, d'ailleurs. Le mois dernier encore, elle et Jimena avaient sauvé Catty et Vanessa des griffes des Suiveurs. Elle pouvait tenir tête à l'Atrox. Bien sûr. Pourquoi s'inquiéter, avec un garçon aussi mignon qui s'intéressait à elle ?

– Tu dois rentrer tout de suite ? demanda Zahi, sans lui lâcher la main.

– Non, mon père reviendra tard. Il travaille sur un gros dossier. Et Collin est parti surfer.

– Bien. Si on allait prendre un capuccino ?
– Bien sûr, répondit Séréna, même si elle sortait d'un thé avec des biscuits.
Elle n'avait qu'une envie : rester avec lui.
– Parfait.
Il l'embrassa sur la joue. Troublée, elle le regarda. À ce moment-là, elle entendit Jimena qui l'appelait.
– *Oye*, Séréna, attends-nous !
Elle se retourna.
Vanessa, Catty et Jimena slalomaient entre les voitures pour la rejoindre, dans le tumulte des klaxons et des crissements de pneus. Zahi se figea :
– Tu dois voir tes amies. Je vais y aller, non ?
Séréna voulait l'accompagner, mais elle détestait plus que tout les filles qui laissaient tomber leurs amies à cause de leur copain.
– Euh, oui... fit-elle, tâchant de cacher sa déception, j'imagine.
Zahi s'en alla.
– Il est mignon ! ! s'extasia Catty. Et j'adore son accent. Je me demande à quoi ça ressemble, la France.
Les quatre amies se regardèrent en silence. Elles pensaient à leur destinée, à ce qui leur arriverait à l'âge de dix-sept ans.
– Oui, répondit Séréna, moi aussi je me demande à quoi ça ressemble.
Elle ne voulait pas réfléchir trop longtemps à son avenir ; elle ne voulait pas perdre le souvenir de ses aventures. Elle regarda les trois autres. Est-ce qu'elles éprouvaient les mêmes peurs ? Elles avaient quinze ans. Plus que deux années.
Vanessa fut la première à retrouver sa gaieté :
– Allez, on va essayer du maquillage au Skinmarket.
– Ouais ! ! cria Catty.
Elles s'engouffrèrent dans le centre commercial, grimpant quatre à quatre les escalators.

Dans une boutique, Séréna regarda d'un air amusé des faux cils bicolores.

— Avec ça, t'auras l'air d'un *payasa*, la prévint Jimena.

— D'un quoi ?

— D'un clown, répondit Jimena en prenant des faux cils avec des petites plumes. Mais un clown rigolo.

Catty montra à ses amies une bombe de teinture pour les cheveux, vendue avec une feuille de motifs prédécoupés.

— Regardez-moi ça ! On peut se peindre des cœurs et des éclairs dans les cheveux !

— Fais-le moi ! demanda Jimena.

Quelques secondes plus tard, elle arborait un éclair argenté des deux côtés.

— Trop fort !

Séréna essaya de se souvenir pourquoi elle avait ressenti une inquiétude pareille au salon de thé. Tout allait pour le mieux. Elle avait des amies géniales... et elle plaisait beaucoup à Zahi.

Chapitre 6

Vendredi soir. Jimena et Séréna s'avancèrent d'un pas conquérant vers la queue qui se formait devant le Planet Bang. Séréna reconnut quelques copains du lycée et leur fit signe. On entendait la musique qui pulsait derrière les murs et semblait onduler autour de la foule, sur un rythme rapide. Certains hochaient la tête en cadence, mais si Séréna avait le cœur battant, ce n'était pas à cause de la musique. Elle regarda autour d'elle, dans l'espoir d'apercevoir Zahi. Avec ses faux cils, elle avait l'impression de porter une visière.

– Mate ça ! s'exclama Jimena. T'as déjà vu autant de *churrisimos vatos* ?

Elle répondit aux regards en coin que lui lançaient certains garçons.

– Moi, je n'en cherche qu'un, répondit Séréna.

– Tu vas le faire craquer, avec tes nouveaux cils. T'as l'air d'une star avec, et tu le sais bien.

Séréna sourit. Elle savait qu'elle était mignonne, ce soir. Qu'on aime ou pas sa tenue, ça lui était égal. Elle adorait ses faux cils et les vagues fluo qu'elle avait peintes sur ses jambes dénudées. Elle avait passé l'après-midi chez Freddie, à se faire poser des extensions pour ses cheveux. On lui avait ajouté de superbes boucles, qui se mêlaient à sa chevelure noire.

– Tu le vois ? demanda-t-elle à Jimena.

– Non… dis donc, tu es mordue.

— Qu'est-ce que je suis nerveuse, j'y crois pas.
— C'est les hormones ! dit Jimena en éclatant de rire. C'est pas les nerfs, c'est l'angoisse.
— Tu meurs d'envie de poser tes lèvres sur les siennes.

Elles portaient toutes deux des chemisiers à manches larges recouverts de sequins, argentés pour Jimena et dorés pour Séréna.

— Il est peut-être déjà à l'intérieur, dit Séréna en s'avançant.
— Du calme...

À l'entrée, elles laissèrent le vigile examiner leur sac. Il sourit, exhibant une dent en or, et leur fit signe d'avancer.

Elles entrèrent dans un lieu immense, une ancienne salle de bal. La pulsation de la musique faisait vibrer le sol. Des deux côtés de la scène, des fumigènes lâchaient leur vapeur sur la piste de danse. La lumière venait jouer dans cette brume, transpercée par des lasers bleus et rouges au rythme du punk-rock.

Elles allèrent sur la piste de danse. Des garçons se retournaient pour les regarder.

— Je sais pas pourquoi Zahi te rend tellement nerveuse, dit Jimena. Tu pourrais choisir le mec que tu veux !
— Peut-être, répondit Séréna, mais Zahi n'est pas n'importe quel mec. C'est la perfection absolue.

La musique s'arrêta et le DJ entra sur scène en sautant partout.

— Allez, on enlève le toit ! cria-t-il dans le micro. Tout le monde lève les mains, on va virer le toit !

Les gens s'arrêtèrent de danser pour lever les mains en cadence. Le DJ les laissa accumuler leur énergie et lâcha tout à coup la musique indus. Tout le monde se remit à danser. Jimena et Séréna se tenaient à limite de la piste, le corps vibrant en cadence.

— Je le vois pas !

Séréna scrutait tous les recoins sombres de la piste, le cœur battant.

– Il va venir. Allez, on va à la lumière. Je veux que les gens nous voient.

Elles se dirigèrent vers le bar, où un costaud aux cheveux en brosse vendait des sodas et des cacahouètes.

– C'est bon ? Tu veux un truc ? demanda Jimena.

Séréna se concentra pour lire les pensées autour d'elle.

– Tu as tapé dans l'œil de la plupart des mecs, mais ils ne veulent pas larguer les filles qui sont avec eux.

Jimena portait un haut court et une jupe argentée.

– OK, je me mets en bikini...

Elle abaissa sa jupe sous son nombril. Son anneau scintilla à la lumière, entouré par de jolis tatouages. Jimena ajusta sa jupe.

– Tu les intéresses sacrément, là, l'informa Séréna en souriant. Comme d'habitude...

– D'accord. Cherche plus, tu veux ? Est-ce qu'il y en a qui se demandent quel est mon auteur préféré ?

Elle se caressa les hanches d'un geste sensuel.

– Euh... non, aucun.

Tout à coup, Séréna s'arrêta. Elle avait attrapé une pensée au vol. Impossible. On aurait dit Collin. *Qu'est-ce qu'elle est mignonne, Jimena.*

Séréna fit une moue incrédule. Collin était à la maison ou sur sa planche de surf. Pourtant, sans s'en rendre compte, Séréna se mit à examiner les danseurs, pour voir si son frère était là.

– Alors ? lui demanda Jimena. Tu l'as trouvé ?

– Désolée, pas d'homme de ta vie pour ce soir, annonça Séréna.

– Demain peut-être.

Le DJ arpentait la scène. Il alternait différents styles — hits, house, disco et techno, pour voir ce que préféraient les danseurs. Il lança un nouveau morceau et déclencha le stroboscope. Une lumière irréelle baigna la piste, comme dans les vieux films en noir et blanc.

Tout à coup elle le vit. Zahi. Il se dirigea vers elle. Contrairement aux autres, il ne portait pas de baggy, mais un T-shirt noir avec un blouson en cuir noir. Ses cheveux étaient lissés vers l'arrière.

Séréna attrapa le bras de son amie.

— Faut te calmer, lui dit Jimena.

— Je peux pas !

— Mais si. Tu es une déesse, tu te souviens ? La froideur, c'est un de tes pouvoirs. Froide comme un iceberg.

Jimena posa ses mains sur les hanches de Séréna et elles se mirent à danser, accompagnant la musique d'un mouvement fluide des hanches.

— Il faut qu'il te désire, chuchota Jimena. Il faut qu'il passe de longues nuits à se torturer en rêvant de toi.

— Regarde et souffre, gloussa Séréna.

Au moment où elle prenait la main de son amie, elle sentit d'autres mains se poser sur sa taille. Son cœur se mit à battre follement. Elle se retourna lentement. Les mains accentuèrent leur pression. Tout contre elle, Zahi dansait sur un rythme lent et sensuel. Son jean frottait contre ses jambes nues. Il l'attira à lui jusqu'à ce que leurs haleines se mêlent. Ses yeux s'attardaient sur elle, l'admirant tout entière. Séréna pouvait à peine respirer.

— À plus.

Jimena partit, et il ne resta plus que Zahi. Même la musique semblait lointaine.

— J'avais peur que tu ne viennes pas, murmura Zahi.

Les mots pénétrèrent dans son oreille, pareils à de doux baisers. Une sensation délicieuse s'éveilla en elle.

— J'ai dû attendre que Jimena récupère la voiture, expliqua Séréna.

— Tu es très belle, ce soir, dit-il, en faisant courir ses doigts sur son dos.

Séréna sentit l'adrénaline envahir son corps.

— Je suis content que tu sois avec moi, dit-il encore en nichant ses lèvres dans le creux de son cou.

Son haleine chaude éveilla sa peau. Séréna ferma les yeux, laissant Zahi l'étreindre. Elle n'avait jamais été aussi proche d'un garçon. Elle n'avait pas imaginé que ce serait aussi bon. Ses lèvres remontèrent le long de son cou, cherchant les siennes.

Elle allait enfin vivre son premier baiser.

Elle entrouvrit les lèvres. Quelqu'un lui tapa sur l'épaule.

Casse-toi, Jimena, pensa-t-elle.

Le tapotement se fit plus sec, plus impatient.

Furieuse, elle se retourna.

C'était Collin.

– Qu'est-ce que tu fais là ? lui demanda-t-elle, abasourdie.

– Qu'est-ce que tu fais là, toi, tu veux dire ? répliqua son frère.

– Tu dis toujours que le Planet Bang c'est un endroit pour minets et pour blancs-becs, lui rappela Séréna.

– Ça, c'est sûr, répondit Collin en regardant fixement Zahi.

Morgan se faufila derrière Collin.

– Salut, Séréna, lança-t-elle avec un sourire vaniteux.

Elle avait un look sensationnel, comme toujours, avec un chemisier noir satiné, un pantalon court blanc et des sandales léopard. Ses cheveux bouclés jetaient des étincelles. Elle passa un bras possessif autour de Collin.

– Je racontais à Collin comment tu m'avais ensorcelée.

– Elle ne t'a pas ensorcelée, Morgan, corrigea Collin.

– Ensorcelée ? lança Zahi en riant. Elle te traite de sorcière ?

– Je n'ai rien fait, mentit Séréna en rougissant.

Jimena apparut subitement aux côtés de son amie.

– Tu veux pas changer de disque, Morgan ? Et toi, lança-t-elle à Collin, tu fais quoi ici ?

Avant que Collin puisse répondre, Morgan lança :

– Je suis sûre qu'elle m'a fait quelque chose quand je suis allée chez elle. J'ai jamais de migraine.

– Alors comme ça, tu crois que Séréna est une *bruja*, une sorcière ? demanda Jimena d'un ton menaçant.

– Ces choses-là existent, répondit Morgan. Il y a eu des études scientifiques sur les mauvais sorts. Pas vrai Collin ?

Séréna regarda Collin dans les yeux.

Sans répondre à Morgan, il se tourna vers Jimena :

– Alors comme ça, tu connais les sorcières et la sorcellerie, Jimena ? Tu dois en ensorceler, des mecs !

– Ouais, enfin ça, tu le sauras jamais, hein ! répliqua Jimena.

– Qu'est-ce qui te fait croire que ça m'intéresserait de le savoir ? demanda Collin.

– C'est vrai, tu préfères les filles gentilles qui brillent, fit Jimena en montrant Morgan.

– Ça veut dire quoi, ça ? demanda Morgan.

Elle sentait que c'était une insulte, mais ne la comprenait pas vraiment.

– S'il faut que je te l'explique, tu es encore plus *tonta* que je pensais, lâcha Jimena.

Le DJ lança un morceau au rythme lourd.

– J'adore ! lança Jimena en se dirigeant vers le centre de la piste. Je vais danser.

Deux garçons s'avancèrent vers elle. Collin prit Morgan par le bras :

– Allez, on va danser.

– Tu ne veux pas parler à ta sœur ? demanda Morgan.

– Allez, on y va insista Collin.

Il l'emmena sur la piste, non loin de Jimena. Morgan faisait la tête, et Collin dut la cajoler. Ils se mirent finalement à danser, mais Collin ne détachait pas son regard de Jimena. Zahi enlaça Séréna.

– Pourquoi est-ce qu'elle s'imagine que tu lui as fait quelque chose ?

– C'est une longue histoire, soupira Séréna.

– Ne parlons plus de Morgan, alors.

Il l'attira doucement sur la piste de danse. Zahi dansait contre elle, avec des gestes d'une tendresse effrayante. Elle sentait la chaleur de son corps contre le sien. Sa peau, devenue ultrasensible, réagissait à la moindre de ses caresses. Ils se perdirent dans les riches méandres de la musique, joue contre joue, comme s'ils échangeaient des secrets.

Un autre couple les bouscula. Elle se retrouva collée contre Zahi, qui resserra son étreinte.

La musique s'accéléra. Autour d'eux, les danseurs gigotaient en rythme, mais eux restaient sans bouger, dans les bras l'un de l'autre.

Il pencha la tête. Il allait l'embrasser. Elle ferma les yeux.

La musique s'arrêta. Le silence tomba tout à coup comme un couperet. Les lumières s'allumèrent. Elle ouvrit les yeux. Ses lèvres palpitantes étaient tout près de celles de Zahi. Il la tint enlacée.

Le DJ présenta le nouveau groupe de Michael. Le batteur se mit à marquer la cadence, suivi par la guitare rythmique puis la guitare solo. Le chanteur prit le micro et le groupe se lança à fond dans des morceaux fluides et agréables. Le public s'attroupa au pied de la scène.

Jimena revint en courant vers Zahi et Séréna :

– Où est Vanessa ? Je croyais qu'elle voulait danser.

– Je ne sais pas où elle est ! hurla Séréna pour se faire entendre.

Michael, qui jouait de la basse, chanta un morceau qu'il avait écrit pour Vanessa. À la fin, le public s'embrasa. Tout le monde se mit à danser.

Vanessa et Catty arrivèrent, essoufflées. Tout comme Séréna et Jimena, elles portaient des jupes ajustées et des hauts courts.

– Allez, on leur montre comment on danse, dit Vanessa.

Cela faisait un moment qu'elle attendait cette occasion d'impressionner Michael. Séréna interrogea Zahi du regard.

– Vas-y, je t'en prie, je veux te voir danser moi aussi.

– On va attendre la chanson suivante, dit Jimena. Il nous faut un autre rythme.

Son souhait fut exaucé. Le chanteur entama un morceau qui exprimait un violent désir. Les quatre amies étaient prêtes. Elles se regardèrent, souriantes, et semblèrent se fondre dans une danse langoureuse. Tout le monde se mit à les regarder, même Morgan.

Séréna observa Zahi, qui l'admirait. Ses yeux s'attardaient sur elle, prenant tout leur temps. Elle se glissa contre Jimena, sans décrocher son regard de celui de Zahi. Elle se pencha, ondulant des hanches, et posa les mains sur les épaules de Vanessa.

Zahi lui sourit, les yeux mi-clos, et un éclair de plaisir traversa Séréna. Elle tournait la tête d'un côté puis de l'autre, en harmonie avec ses trois amies. Leur groupe s'avançait lentement, dans un mouvement sinueux. Séréna se retourna. Zahi s'était avancé vers elles, comme s'il avait besoin de l'étreindre une fois encore.

Le morceau se termina... trop tôt. Les lumières revinrent et les applaudissements crépitèrent. Des filles bousculèrent Séréna en s'entassant autour de la scène, pour demander des autographes au groupe.

Séréna resta à regarder Zahi. Un doux désir l'envahissait.

— Tu vois ça ? demanda Vanessa dans une explosion de jalousie. Regarde toutes ces filles qui lui demandent des autographes !

La magie était rompue. Séréna s'écarta lentement de Zahi.

— Eh, Vanessa, au lieu de regarder les filles qui font la queue pour les autographes, écoute plutôt celles qui parlent de toi ! lança Catty.

Une fille désignait Vanessa à son amie en lui disant d'un ton envieux :

— C'est la copine de Michael Saratoga.

— Qu'est-ce qu'elle est mignonne ! s'exclama l'autre.

Radieuse, Vanessa sourit.

Jimena éclata de rire en voyant d'autres fans assaillir Michael.

Levant son T-shirt, une fille demanda à Michael de dédicacer son ventre. Avec un marqueur noir, il gribouilla « Michael » sous le nombril de son admiratrice. D'autres lui demandèrent de lui signer les bras ou le cou.

– Non mais je rêve ! s'écria Vanessa, à nouveau furieuse.

– C'est la fête de Michael, on dirait, dit Séréna.

La main de Zahi se posa sur son épaule.

– Tu étais très bien, lui chuchota Zahi à l'oreille… mieux que bien.

– Merci.

Jimena la rappela à la réalité d'un coup de coude :

– Regarde !

Une fille défit son chemisier et présenta sa poitrine à Michael.

– Mais… qu'est-ce qu'il fait ? balbutia Vanessa, rouge de colère.

Michael, un sourire docile aux lèvres, prit le marqueur et écrivit son nom à la naissance des seins. La fille lui prit le bout des doigts et les laissa là. Elle lui dit quelque chose.

– Qu'est-ce qu'il dit ? demanda Vanessa.

– Laisse tomber, intervint Jimena. Tu sais bien qu'elle ne l'intéresse pas.

– Mais qu'est-ce qu'ils se disent ? insista Vanessa.

Séréna sentait la colère de son amie gronder comme un orage dans sa tête.

– Ils bavardent, c'est tout, mentit-elle.

La fille avait donné rendez-vous à Michael, mais celui-ci avait refusé.

– Regarde-moi, chuchota Vanessa, nerveuse. Ça revient !

Vanessa était en train de disparaître. Une émotion trop forte, et elle perdait son contrôle moléculaire. Ses mains se brouillaient.

– Au secours ! fit encore Vanessa.

Sa plus grande peur avait toujours été qu'on la voie disparaître.

– Cachez-la ! ordonna Jimena. Elle va s'en aller !

Séréna jeta un regard anxieux en direction de Zahi. Heureusement, il était tourné vers la scène.
— Détends-toi, conseilla Catty à Vanessa. Cette fille n'est pas son genre. C'est toi qu'il aime.

Les pieds et les mains de Vanessa avaient disparu, et tout un côté de son visage se transformait en un nuage de points colorés. Ses yeux semblaient vitreux. D'une voix pâteuse, elle demanda :
— Comment il a pu... ?
— C'est un truc de mec, la rassura Jimena. Tu t'en es pas encore rendu compte ? Tu veux devenir invisible ? Michael va le voir.

L'admiratrice s'éloigna de Michael, mais se retourna pour lui dire au revoir.
— Le voilà qui la regarde encore, gémit Vanessa, de plus en plus difficile à comprendre.
— Il la regarde parce qu'il est trop content d'être avec toi, dit Catty très vite pour la distraire. Chante un truc, vite. Ça te détendra.

La fille agita la main en direction de Michael, puis lui envoya un baiser.
— Quelle...

Avant même que Vanessa ait terminé sa phrase, sa voix s'évanouit tout à fait.
— Fais quelque chose, dit Jimena à Séréna. Essaye de zapper ses émotions. Vite ! »

Séréna n'avait jamais essayé de changer les émotions auparavant, mais si quelqu'un voyait Vanessa disparaître, ce serait une catastrophe. Elle pénétra rapidement dans l'esprit de son amie. La colère, brûlante et épaisse comme une coulée de lave, rendait sa progression difficile. Les molécules pleuvaient sur Séréna comme des aiguilles chauffées à blanc.

Séréna tenta de calmer Vanessa. Tout à coup, elle sentit une fissure dans la colère et s'y glissa, espérant atteindre une émotion meilleure... mais, derrière cette barrière de fureur se trouvait une pensée, une seule. Séréna s'enfuit, choquée.

Elle sortit à toute allure de l'esprit de Vanessa et recula en titubant, comme si on l'avait poussée. Elle lui jeta un regard. Comment l'une de ses meilleures amies pouvait-elle croire *ça* d'elle ? Et Catty et Jimena, partageaient-elles les mêmes pensées ?

Chapitre 7

Zahi remarqua son trouble.
— Qu'est-ce qui ne va pas ? demanda-t-il. Tu ne te sens pas bien ?
— Non, ça va.
Séréna vit ses mains trembler. Vanessa pensait-elle vraiment qu'elle, Séréna, trahirait les Filles de la Lune ?
— Tu trembles, murmura Zahi en la serrant contre lui.
Elle voulut se dégager.
— Je ne me sens pas très bien, dit-elle. Je crois que je vais rentrer.
— Laisse-moi te raccompagner.
— Non.
Sur cette réponse trop sèche, Séréna s'écarta de lui. Zahi avait l'air éberlué. Les lumières baissèrent et la musique reprit. Les danseurs s'agglutinèrent sur la piste, baignés dans les lumières irréelles du stroboscope. Michael courut embrasser Vanessa.
— Hé, lui fit Michael, à voir toutes ces filles, j'étais tellement content d'être avec toi !
— Pourquoi ? demanda Vanessa, encore en colère.
Apparemment, Michael n'avait pas remarqué que les molécules de son amie s'étaient brutalement rassemblées lorsqu'il l'avait touchée. D'ailleurs, ç'aurait pu être un simple effet lumineux.
Séréna les observait. Le cœur battant, elle se faufila dans l'esprit de Vanessa, pour trouver d'autres informations.
Michael répondit à Vanessa :

— Parce que toi, tu ne ferais jamais un truc aussi bizarre que demander à un inconnu de te signer le ventre ou... enfin bref, tu l'as vu.

— Tu n'étais pas obligé de signer... là, répondit Vanessa, dont la colère s'évanouissait.

— Je suis tellement heureux de t'avoir, murmura Michael. Tu n'es même pas jalouse.

— Ça c'est vrai, commenta Catty.

Rassérénée, Vanessa sourit et son esprit se ferma lentement, cachant ses pensées à Séréna.

Celle-ci essaya de pénétrer dans l'esprit de Catty pour voir si elle partageait l'opinion de Vanessa. Catty la dévisagea, comme si elle sentait que Séréna s'efforçait de lire dans sa tête.

Séréna se sentit faible tout à coup. Elle se tourna vers Zahi :

— Je suis désolée, mais je dois partir. Jimena va me raccompagner.

Le sourire de Zahi se figea. Il ne prit pas la peine de cacher sa déception, ni son inquiétude.

— Appelle-moi demain, que je sache si ça va mieux.

— Entendu. Tu me ramènes, Jimena ?

— Qu'est-ce qui se passe, demanda Jimena d'un air mal à l'aise.

— On y va, d'accord ?

Ses trois amies la regardaient, soucieuses.

— OK, on y va. dit Jimena en se dirigeant vers la sortie.

Une fois dehors, Séréna essaya de lire les pensées de Jimena, mais elle aurait aussi bien pu s'attaquer à un mur de pierre.

— Qu'est-ce que tu veux me cacher ? demanda Séréna.

— Comment ça ?

— Tu sais très bien ce que je veux dire.

Le visage fermé, Jimena ne répondit rien.

— Je croyais qu'on se dirait toujours la vérité, toutes les deux, dit Séréna.

Apparemment, son amie avait du mal à lui dire ce qui la tourmentait.

— J'ai eu une prémonition, déclara enfin Jimena. Je t'ai vue entrer dans le feu froid. C'est ça qu'on t'a caché. On ne voulait pas que tu t'inquiètes.

— Tu aurais dû me le dire, répliqua Séréna, soudain envahie par la peur.

— On veillera sur toi, pour ne pas que ça t'arrive.

— Mais tu n'as jamais pu empêcher tes prémonitions de se réaliser.

Jimena resta silencieuse un long moment.

— Je sais, dit-elle enfin d'une voix brisée.

Chapitre 8

Allongée sur son lit, Séréna regardait les grosses bulles jaunes de sa lampe magique. Elle essaya de se détendre par quelques techniques respiratoires, mais son angoisse l'opprimait, l'écrasait comme un tas de pierres. Un froid glacial s'était emparé d'elle. Voyant les recoins obscurs de sa chambre, elle se demanda si la lumière pourrait lui redonner le moral.

Quand elle était petite, elle croyait aux sorcières, aux fantômes et aux vampires. Après le départ de sa mère, elle avait pris l'habitude de dormir la lumière allumée. C'était ce qui lui avait le plus manqué : se sentir en sécurité la nuit. Et voilà que ses peurs d'enfant revenaient la hanter. Mais cette fois, elles étaient précises, et réelles. Le mal rôdait dans les ténèbres, il portait même un nom. L'Atrox.

Impossible qu'elle trahisse les autres, pourtant, non ? Elle ne s'imaginait même pas en Suiveur.

Wally sauta sur son lit, ce qui la fit sursauter. Il passa sous les couvertures et vint se pelotonner contre elle.

– Et toi, tu en penses quoi, ma petite peluche ? lui demanda-t-elle, en le grattant derrière les oreilles.

Il la regarda de dessous les couvertures, comme s'il essayait de la consoler. Elle le prit dans ses bras et finit par dormir d'un sommeil agité.

Elle se réveilla en sursaut quelques heures plus tard, le cœur battant la chamade. Si c'était un rêve qui l'avait réveillée, elle ne s'en souvenait plus.

Wally s'enfonça encore plus sous les couvertures.

Une musique douce montait du rez-de-chaussée. Collin était déjà rentré, probablement. Elle jeta un œil à son réveil. Il n'était même pas minuit. Morgan n'allait pas le lâcher aussi tôt. Elle sauta du lit, mit ses pantoufles et descendit les escaliers. Il fallait qu'elle parle à son frère. Il savait la réconforter, la rassurer. Elle ne pouvait pas lui dire la vérité, mais le simple fait de lui parler la détendrait un peu.

De la lumière filtrait sous la porte du bureau de son père. La stéréo jouait de la musique. Elle écouta. C'était le requiem de Mozart. Pas le genre de Collin. Leur père serait-il revenu ? Il avait dit qu'il passerait le week-end à San Francisco. Ou alors, c'était l'idée que Morgan se faisait d'une musique romantique ? Collin, lui, écoutait de la musique de surfeur, avec des guitares, comme Dick Dale and his Del-Tones.

Séréna avança d'un pas et posa la main sur la porte. Si Morgan était allongée sur le canapé avec Collin, elle reculerait discrètement dans le couloir sans qu'ils la voient. Séréna jeta un regard. Elle resta pétrifiée.

Folle de peur, elle s'enfuit en courant.

Chapitre 9

Installé dans le canapé en cuir, Stanton feuilletait un livre d'architecture médiévale. Ses yeux bleus lui lancèrent un regard d'une énergie brûlante, et un sourire dangereusement sensuel apparut sur son visage. Il posa le livre et courut après Séréna.

Elle monta les escaliers quatre à quatre. Où étaient passés ses pouvoirs divins ? Normalement, ils l'envahissaient en situation de stress. Mais ce soir, son esprit se ressentait de tout ce qui lui était arrivé ces derniers jours. Que faire ? Appeler la police ? Quelle idée idiote. Que dirait-elle ?

Elle l'entendit arriver.

Elle pouvait lui faire face, mais il lui fallait retrouver son calme avant. Elle se précipita dans sa chambre, claqua la porte et la verrouilla. Il se mit à cogner dessus.

Elle essaya de se calmer, de rassembler son énergie.

Stanton continua à tambouriner sur la porte. Puis le bouton tourna. Il céda tout à coup, le verrou claqua et Stanton entra dans la chambre.

Séréna inspira profondément. Elle sentait ses pouvoirs monter en elle, s'accumuler jusqu'au bout de ses doigts. Son amulette lunaire jetait une lueur argentée dans la pièce.

– C'est ça que tu portes pour dormir ? lui demanda Stanton, toujours souriant. Je m'attendais à quelque chose de plus osé.

– Comment ça ?

Séréna baissa les yeux sur son pantalon de pyjama. Non, c'était forcément un rêve.

– Non, tu ne rêves pas, dit Stanton.

L'amulette lunaire lui envoya un rayon en plein visage. Il cligna des yeux. Avec une rapidité incroyable, il fondit sur Séréna et se saisit d'elle.

Elle essaya de se libérer. Impossible. Elle s'enfonça dans son esprit pour l'arrêter, mais il avait déjà envahi le sien. Il n'essayait pas de la vaincre, mais de la rassurer, avec des mots réconfortants qui écartaient la peur et l'angoisse comme des ailes d'ange.

– Séréna. (il répéta son nom avec volupté, comme s'il goûtait le son fluide des syllabes sur sa langue.) Je sens ton cœur qui bat, mais tu ne dois pas avoir peur. Regarde-moi.

Ensorcelée par cette voix soyeuse, Séréna faillit plonger son regard dans les yeux de Stanton. C'était trop dangereux. Il pouvait l'enfermer à jamais dans l'un de ses souvenirs.

Il l'attira à lui avec une douceur qu'elle n'aurait jamais soupçonnée chez un être aussi maléfique. Un frisson délicieux la parcourut. Son contact aurait dû être odieux à Séréna, mais quelque chose la poussait vers lui.

Tout à coup, malgré elle, elle ouvrit les yeux. L'avait-il obligée à le faire ? Non. Séréna se souvenait d'un événement lointain, qu'elle ne voyait pas encore distinctement.

– Je suis désolé, chuchota-t-il. Je sais que cela t'effraie. Chaque fois que je te mets en garde, Zahi efface mes avertissements de ta mémoire.

Séréna le regarda sans comprendre :

– Zahi ?

Elle se dégagea et fixa les yeux bleu clair de Stanton, tout en sachant que c'était l'erreur la plus dangereuse qu'elle pouvait commettre.

– Oui, Zahi.

Il lui racontait probablement des mensonges pour qu'elle baisse la garde. Ensuite, il attaquerait.

Elle fit appel à ses pouvoirs.

Stanton sourit. Elle se préparait à combattre, ne le voyait-il pas ? N'allait-il pas se défendre ?

Il écarta les bras et lui ouvrit son esprit, prêt à recevoir son attaque. Une nouvelle ruse ?

— Tu as le pouvoir de lire dans mon esprit, pour voir si je dis la vérité, dit-il.

Elle le regarda, hésitante.

— Je t'attends.

Que trouverait-elle dans l'esprit de Stanton ? La prendrait-il au piège ? Elle y entra et rencontra un souvenir étonnant. Ils se promenaient tous deux le long de la plage par une nuit froide et brumeuse. Ils parlaient. C'était la nuit du feu de glace. Il lui tenait la main. Continuant son exploration, Séréna se vit brutalement tomber de la falaise, avec la sensation terrible d'osciller juste au bord. Elle vit Stanton qui la remontait, au prix de grands efforts. Il lui avait sauvé la vie. Finalement, elle avait accepté qu'il entre dans son esprit, pour enlever le souvenir de l'heure qu'ils avaient passée ensemble. Ainsi, il découvrirait qui volait les pensées de Séréna, et pourquoi.

Elle aperçut quelque chose d'autre, mais il le lui arracha avec une telle force qu'elle fut éjectée de son esprit. Sous l'impact, elle faillit tomber à la renverse.

Stanton la retint. Ils s'assirent au bord du lit.

— Cette nuit-là, à la plage, tu as vu le feu froid, expliqua Stanton d'une voix douce. Je suis venu à toi, tu t'es enfuie et tu es tombée de la falaise. C'est comme ça que tu as cassé tes lunettes de soleil et que tu t'es écorché la main. Tu as atterri sur une corniche en contrebas, et je t'ai aidée à remonter.

— Et les bleus sur mes bras ?

— J'ai dû te tirer très fort, dit Stanton. Je suis désolé.

Il lui caressa le bras, comme s'il essayait d'enlever la douleur.

— Tu ne me faisais pas confiance à ce moment-là... pas plus que maintenant, d'ailleurs.

Stanton prit quelque chose dans sa poche et le lui tendit. Les sandales bleues.

Elles les examina. Des traces de goudron sous les semelles, et du sable sur les lanières décorées de coquillages. C'étaient bien les siennes.

– Cette nuit-là à la plage, j'ai vu que quelqu'un te volait tes souvenirs, alors j'ai effacé dans ton esprit l'heure que nous venions de passer... jusqu'à ce que je découvre qui était le voleur, et pourquoi il agissait ainsi. Je soupçonnais Zahi de manipuler ta mémoire pour que tu oublies mes mises en garde.

– Zahi ? demanda Séréna, incrédule.

– Seuls les Suiveurs les plus puissants savent dérober à la fois les souvenirs et les sentiments.

– Mais pourquoi est-ce que tu me préviens ? Tu cherches à me détruire.

– Zahi est mon pire ennemi, dit Stanton d'un ton plein de haine. S'il peut te livrer à l'Atrox, il passera devant moi dans la hiérarchie.

Séréna réfléchit. Si Stanton la livrait à l'Atrox, lui aussi progresserait dans la hiérarchie...

– Oui, répondit-il en lisant dans ses pensées. Mais moi, je ne le ferai pas.

– Puisque toi et Zahi vous êtes tous deux des Suiveurs, pourquoi est-ce que je te ferais confiance plutôt qu'à lui ?

– Parce que moi, je ne t'ai pas volé tes pensées.

– Ça, je l'ignore.

Pouvait-elle le croire ? Son ennemi juré lui demandait de lui faire confiance, plutôt qu'à Zahi, qui lui plaisait tellement. Stanton se releva brusquement, furieux. Ou jaloux ? Difficile à dire.

– Zahi est passé maître dans l'art de la tromperie. C'est un véritable caméléon. En transformant sa personnalité, il te montre seulement ce que tu as envie de voir. Il cherche à te détruire, crois-moi. Je te jure que c'est sa seule intention.

Séréna l'écoutait en silence.

— Je te protégerai, promit Stanton.

— Je ne peux pas te faire confiance, insista-t-elle. C'est encore une de tes ruses. Toi aussi, tu dois vouloir me détruire. Maggie m'a parlé des Régulateurs. Tu ne prendrais pas un risque pareil.

Une expression étrange passa sur le visage de Stanton. De la surprise, ou de la peur ? Les Régulateurs formaient un petit groupe qui pouvait anéantir tout Suiveur qui trahissait l'Atrox.

— Je n'ai rien fait pour déplaire à l'Atrox, répondit Stanton.

Il lui ouvrit son esprit. Ce qu'elle vit alors la stupéfia. Tout à coup, elle entendit la porte de la cuisine grincer sur ses gonds. Elle paniqua.

— C'est Collin ! Il ne faut pas qu'il te voie !

— Ne me dis pas que tu as peur de ton propre frère ! s'amusa Stanton, un sourire exaspérant aux lèvres.

Elle le poussa vers le placard :

— Cache-toi vite, tu veux qu'il te tue ?

Stanton rit de plus belle :

— Me tuer ?

— Arrête, ou il va t'entendre.

— Tu crois que ton frère me fait peur ? Je suis immortel.

Collin montait l'escalier d'un pas lourd. Séréna leva les yeux au ciel. Pourquoi la vie était-elle si compliquée ?

Assis sur le lit, Stanton la regardait, les yeux brillant d'une lueur malicieuse.

— Je t'en prie ! chuchota-t-elle. Il ne comprendrait jamais !

Stanton ne réagit pas.

— Séréna ? Tu es encore debout ? lança Collin sur le palier.

Elle se figea. Comment allait-elle expliquer la présence de Stanton à son frère ?

Chapitre 10

Collin entra dans sa chambre.
— Je peux tout expliquer, balbutia Séréna.
— Expliquer quoi ?
— Ce mec. C'est un copain de lycée... euh, il est venu prendre les devoirs et...
Collin la bouscula.
— Ne le frappe pas !
— Mais qui ? lui demanda Collin.
Séréna regarda sa chambre. Vide. Maggie lui avait dit que certains Suiveurs pouvaient changer d'apparence. Stanton en faisait-il partie ?
Séréna poussa un soupir de soulagement, mais fut aussitôt saisie d'une autre angoisse. Et si tout cela n'avait été qu'un rêve ?
Collin lui jeta un regard bizarre et lui posa lourdement la main sur l'épaule.
— Tu sais, parfois, tes blagues bizarres ne sont pas très drôles.
Elle sentit l'inquiétude dans sa voix. Il allait se lancer dans une de ses tirades de grand frère.
— Pas maintenant, Collin. Ce soir, j'ai vraiment pas envie d'une leçon de morale...
— Je me fais du souci pour toi, c'est tout. Tu sais, peut-être que Morgan a raison. Si tu inventes que tu as un mec dans ta chambre, il te faudrait vraiment un copain.
Elle était trop fatiguée pour en parler. Elle manipula l'esprit de son frère, en retira ses inquiétudes et les dissimula

derrière des souvenirs de plage, à Oahu. Puis elle regarda Collin innocemment.
 Il avait l'air un peu ahuri.
 – Tu disais ? demanda-t-elle.
 – Euh, je sais plus.
 – Tu me disais bonne nuit.
 Elle lui fit un gentil sourire de petite sœur.
 – Euh, ouais, fit Collin d'un air rêveur. Tu crois que papa nous ramènera à Hawaii pour Noël ?
 – Peut-être, si on lui demande tous les deux.
 – Mouais.
 Collin se dirigea vers la porte puis s'arrêta :
 – Hé, ça y est, je me souviens de ce que je voulais te dire.
 Séréna s'effondra.
 – C'était super ta danse, tout à l'heure. Tout le monde l'a dit. Toi et Jimena, on aurait dit des stars.
 – Merci.
 Il s'en alla. Elle l'entendit entrer dans sa chambre.
 Stanton sortit des ombres.
 – Alors comme ça, ton frère pense que tu as besoin d'un petit ami ?
 – Arrête.
 – J'aurais bien aimé te voir danser.
 Stanton était d'une beauté hypnotique, dangereuse. Elle éprouva tout à coup de la pitié pour lui, en se souvenant des révélations de Vanessa. Le père de Stanton, un grand prince européen du XIIIe siècle, avait levé une armée pour partir en croisade contre l'Atrox. Celui-ci avait enlevé Stanton pour arrêter son père. En regardant Stanton, Séréna revit le jeune garçon terrorisé qu'il avait été jadis.
 – J'ai une dernière question, demanda-t-elle. Pourquoi est-ce que nous avons passé autant de temps ensemble, si tu voulais juste me mette en garde contre Zahi ?
 – Regarde ! Regarde-moi dans les yeux, je vais te montrer.

Il lui caressa la joue et prit délicatement son visage entre ses mains.

Oserait-elle ?

– Dans tes souvenirs, Zahi a volé bien plus que mes avertissements, reprit Stanton. Il s'est aussi emparé de tous les moments que nous avons passés ensemble.

Ces mots frappèrent Séréna comme la foudre.

– *Nous* ? Tu as dit *nous* ? Tous les moments que nous avons passés ensemble ?

– Oui, nous. Laisse-moi te montrer. Un seul souvenir pour l'instant, le reste plus tard.

Malgré elle, elle se plongea dans les pensées de Stanton. Ses souvenirs l'entouraient. Elle tenta de se retirer, mais une partie d'elle-même se précipitait vers lui, comme si elle attendait ce moment depuis longtemps. Ce désir soudain l'effraya. Que se passait-il ? Il était son ennemi. Elle l'avait combattu.

Contre son gré, elle s'enfonçait de plus en plus loin dans les souvenirs de Stanton. Tout à coup, elle revécut le moment qu'ils avaient passé ensemble sur la plage. Comment aurait-elle pu vivre cet instant avec Stanton et ne pas s'en souvenir ? Comment pouvait-elle lui plaire, elle, son ennemie jurée ?

Il la fixa. Elle aurait dû l'arrêter, mais son corps frissonnait de plaisir au contact de ses lèvres tièdes sur son cou. Elle s'abandonna, respirant son odeur. Sa bouche chercha la sienne, sous l'effet d'une force irrésistible.

Il la regarda, comme s'il voulait savourer ce moment défendu. Sans même dissimuler son propre désir, il posa ses mains sur le visage de Séréna, ferma les yeux et l'embrassa.

Elle n'offrit aucune résistance à son baiser, comme si ce n'était pas le premier qu'il lui donnait. Sa langue passa doucement sur ses lèvres.

Un torrent d'émotions dangereuses déferla sur elle. Elle se dégoûtait de le désirer aussi ardemment. Elle voulut éteindre la passion qui s'emparait de son corps. C'était sa mission de protéger l'humanité contre les Suiveurs. Contre Stanton. Elle ne pouvait se permettre de l'aimer.

Elle s'arrêta tout à coup et leva les yeux vers lui.

– Inutile de lutter, dit Stanton.

Pensait-il lui aussi qu'elle trahirait sa destinée ? Comment lui faire confiance ? Par le passé, il avait trompé et trahi Vanessa.

Stanton la dévisagea, et elle sut qu'il avait senti sa répulsion.

– J'ai apprécié la douceur de Vanessa, mais je n'ai jamais senti avec elle le même lien qu'avec toi. Tu m'as plu dès notre premier combat psychique... vraiment.

Elle se souvenait de cet affrontement. Quel épisode étrange. Elle s'était déjà doutée qu'il n'avait fait que s'amuser, sans vouloir la détruire.

– Je te dis la vérité, insista Stanton.

Elle sentit des larmes brûlantes lui monter aux yeux. Il disait bien la vérité. Pourtant, leur relation resterait à jamais défendue.

– Cette nuit-là, sur la plage, tu m'as dit que tu étais prête à prendre le risque, que tu défierais n'importe qui pour rester avec moi.

Elle le regarda à nouveau. Il lut le doute dans son esprit.

Il sortit de la chambre et disparut.

Chapitre 11

Lundi matin. Séréna et Jimena faisaient la queue pour passer sous le détecteur à métaux, à l'entrée du lycée. L'établissement venait d'interdire les sacs à dos, pour empêcher les élèves d'apporter de la drogue ou des armes. Des vigiles demandèrent à certains de remonter leurs T-shirts XXL, pour vérifier qu'ils n'avaient rien sur eux.
– Ils s'imaginent vraiment qu'un type armé va cacher son arme dans sa ceinture ? T'as qu'à croire !, commenta Jimena d'un ton méprisant.
Vêtue de sa jupe kaki taillée dans son pantalon et d'un T-shirt blanc, elle tenait un gobelet de café à la main et en proposa à Séréna. Celle-ci refusa. Elle se sentait mal à l'aise. Sa veste rose en peau de serpent lui tenait trop chaud, et ses chaussures à talons hauts la serraient.
– Qu'est-ce qui ne va pas ? lui demanda Jimena.
– Comment ça ?
– Tu soupires depuis ce matin, comme si tu m'en voulais de ma prémonition.
– Non, c'est...
Séréna craqua. Elle lui raconta la visite de Stanton, mais sans parler des souvenirs qu'elle partageait avec Stanton.
– C'est nouveau ça, un Suiveur assez gentil pour nous prévenir... commenta Jimena.
– Il a dit que Zahi était un Suiveur, lui aussi.
Jimena éclata de rire :
– Zahi est probablement le mec le plus adorable que je connaisse.

– D'accord, mais si c'est vrai ?
– Enfin, il ne ressemble pas du tout aux autres. Il n'est pas déguisé en punk. Regarde son bras gauche, il n'a aucun tatouage. Stanton joue avec ton esprit. Cela dit, si tu t'inquiètes encore, pourquoi ne pas utiliser ton amulette lunaire ?
– J'ai vérifié. Elle ne brille pas quand Zahi est là.
Jimena se mit à réfléchir. C'était à son tour de passer sous le portique. Elle attendit Séréna de l'autre côté.
Séréna la suivit et montra son sac ouvert au vigile.
– Je pense au pouvoir dont Maggie vient de nous parler, chuchota Jimena. Le pouvoir spécial.
– Quel pouvoir spécial ? demanda Séréna.
– *De veras*, tu ne t'en souviens pas ?
Jimena avait l'air surprise :
– Mais qu'est-ce que t'as en ce moment ? Tu voulais absolument l'essayer, ce pouvoir...
– Ça doit être le concert, soupira Séréna, ou alors c'est l'algèbre. J'ai de la bouillie dans la tête.
– Ou alors c'est Zahi, gloussa Jimena. Tu es tellement amoureuse que tu ne penses à rien d'autre.
– Je ne sais pas.
Séréna se demanda ce qu'elle aurait encore pu oublier — ou éjecter de son esprit.
– Demande à Zahi de prendre en main ton amulette. Si c'est un Suiveur, comme le dit Stanton, l'amulette lui laissera une marque sur la peau.
Séréna saisit le précieux bijou. Comment avait-elle pu oublier quelque chose d'aussi important ? Elle se souvenait vaguement que Maggie leur en avait parlé, mais c'était un souvenir lointain, comme dans un rêve.
– Le voilà, murmura Jimena.
Séréna vit Zahi qui arrivait vers elle en courant. Instinctivement, elle fit un pas en arrière. Elle lui lança un sourire nerveux. Lui volait-il vraiment ses souvenirs ?
La cloche sonna.

– Faut que j'y aille, dit Jimena.
– Salut Séréna, lança Zahi, sans prêter attention aux lycéens qui filaient en cours. (Il l'étreignit.) Et si on s'en allait cet après-midi, rien que toi et moi ?
Séréna hésita :
– Tu veux dire, en séchant les cours ?
– Oui.
Elle ressentit une sensation étrange au creux de l'estomac. Elle jeta un œil à son amulette. Pourquoi ne brillait-elle pas ? Ou alors, était-ce seulement en cas de danger ? Elle ne s'en souvenait plus. Elle croisa le regard chaud de Zahi, s'attarda sur ses lèvres pleines, parfaitement ourlées.
– D'accord, dit-elle. Après le cours de maths.
– Je te retrouve au Borders.
– Entendu.

Deux heures plus tard, Séréna monta quatre à quatre l'escalier de Borders. Elle s'assit près de la fenêtre, avec vue sur Cienega Boulevard. Autour d'elle, des gens lisaient. Leurs pensées se mêlaient en un murmure apaisant, comme le bruissement de l'eau sur les galets. Séréna commença à se relaxer. Elle se rendit compte alors de son état de tension extrême.
Zahi entra. Il posa ses livres sur la table.
– Désolé pour le retard, mais les vigiles faisaient des contrôles entre les bâtiments. Je vais nous chercher quelque chose à boire.
Il alla au bar et revint avec deux tasses fumantes de thé tchaï et un muffin aux pépites de chocolat.
Séréna inspira l'odeur de trèfle, de gingembre et de cannelle qui s'échappait des tasses.
Zahi lui prit la main :
– Je suis content que tu sois venue, lui dit-il en lui embrassant le bout des doigts. Tu as l'air d'une élève très sérieuse, j'avais peur que tu ne veuilles pas m'accompagner.

Séréna ôta son amulette et la tendit à Zahi.
– Qu'est-ce que c'est ? demanda-t-il en la prenant. Un cadeau d'un autre, peut-être ?

Séréna se mit à rire. Tous ses doutes s'étaient évanouis.
– Non, ça ne vient pas d'un garçon.

Elle regarda son beau visage qui lui souriait. Un Suiveur, Zahi ? Ridicule. Comment avait-elle pu croire ça ? Cela paraissait idiot de lui faire tenir l'amulette. Les accusations de Stanton étaient malveillantes. Elle essaya de se souvenir de ce qu'il lui avait dit, mais tout semblait confus.

Zahi mit la main avec l'amulette sous la table et lui demanda :
– Et le violoncelle, où en es-tu ?
– Ça va, répondit Séréna, d'un ton plus assuré. J'aurai appris la sonate pour le concert de cet hiver.
– Très bien, je voulais l'entendre. Promets-moi de la jouer pour moi, un de ces jours.
– C'est promis, répondit-elle.

Plus elle passait de temps avec Zahi, plus la nuit avec Stanton disparaissait dans les couches inconscientes de son esprit.

– Samedi soir, il va y avoir une rave dans le désert, dit Zahi.
– J'ai toujours voulu y aller. Danser toute la nuit, ça doit être trop bon !
– Viens avec moi, alors. Tu peux sortir de chez toi sans que personne ne le sache ?
– Je pense, répondit Séréna. Collin ne me surveille pas, et papa a des drôles d'horaires, en ce moment. Jimena va péter les plombs ! Je sais qu'elle a toujours voulu aller à une rave, elle aussi. La tête qu'elle fera ! J'aimerais déjà y être.
– Séréna... dit Zahi, soudain sérieux.
– Quoi ?
– Sans tes amies. Elles sont très sympa, je n'ai rien contre elles, mais je veux passer du temps avec toi. Rien que nous deux. Tu veux bien ? Seule ?

Le cœur de Séréna battait la chamade. Elle espéra que son bonheur ne se voyait pas.

Il lui murmura :

— La nuit va être très romantique. Ce sera la pleine lune.

— Oui, déclara Séréna. Je viendrai.

— Bon. Je passerai chez toi à sept heures, alors, ou est-ce qu'on se donne rendez-vous quelque part ?

— Non, tu n'as qu'à venir à la maison. Je m'arrangerai pour que tout le monde soit parti à ton arrivée.

— Parfait. (Il se leva et l'embrassa sur la joue.) Je dois y aller.

Il lui rendit son collier et sortit.

Séréna prit l'amulette dans sa main. Elle avait oublié qu'elle la lui avait donnée.

Elle la remit autour de son cou et se sentit aussitôt soulagée.

Chapitre 12

Samedi soir. Jimena entra dans la chambre de Séréna, portant un sac rempli de plats chinois à emporter. Un arôme d'oignons verts, d'ail et de porc emplit la pièce. Jimena posa le sac sur le sol devant la télé, et mit une cassette dans le magnétoscope.

Séréna toussa :
— Je crois que je couve une grippe.
— Reste au lit, je vais m'asseoir par terre.

Jimena tendit une assiette de chop suey à son amie, avec deux baguettes.

— Tu sais, je crois que je vais dormir, insista Séréna.

Jimena arrêta le magnétoscope.

— Désolée, s'excusa Séréna. Tu devrais peut-être y aller.

Jimena avait l'air tellement déçue que Séréna faillit lui dire de rester. Elle se sentait lourdement coupable. Elle était en train de mentir à sa meilleure amie à cause d'un mec. Incroyable. Si elle parlait de la rave à Jimena, celle-ci l'aiderait probablement à trouver des vêtements délirants, sans ressentir la moindre jalousie. Alors, pourquoi n'arrivait-elle pas à lui parler ?

— Je vois bien que ça ne va pas, dit Jimena.
— Comment ça ?
— Depuis une semaine, tu n'es pas toi-même. Tu as l'air distante. Il y a un truc. Tu as de la fièvre ?

Jimena lui posa la main sur le front. Une expression étrange passa sur son visage.

— Qu'est-ce qu'il y a ? demanda Séréna.
— Rien, se hâta de répondre son amie.

Séréna comprit qu'elle lui cachait quelque chose. Elle essaya de lire dans son esprit, mais se heurta de nouveau à un mur.
— Dis-moi ce que tu as vu, insista-t-elle.
— *Rien*, je t'ai dit.
Jimena éjecta la cassette et reprit ses plats.
— Mais si, qu'est-ce qu'il y a ?
— Il vaut mieux que je parte, comme ça tu pourras dormir.
Là-dessus, Jimena sortit.
— Jimena, l'appela Séréna.
Elle l'entendit descendre bruyamment l'escalier, et tomber sur Collin dans la cuisine.
— Tu pars déjà ? demanda Collin.
— Ouais, lança Jimena. T'aimes la cuisine chinoise ?
— J'adore, répondit Collin. Tu ne restes pas manger ?
Jimena reposa ses plats, ouvrit la porte d'entrée et lui cria :
— Va voir ta sœur, d'accord ?
— Elle est malade ?
— Va la voir, c'est tout.
La porte claqua. Séréna s'enfouit sous les couvertures. Quelques minutes plus tard, Collin entra avec une assiette remplie de nems.
— Ça va ? demanda-t-il à sa sœur.
— Oui, j'ai un rhume, c'est tout.
— Tu veux que je reste ? Je pourrais te faire du bouillon.
— Non, je vais dormir. Va surfer, ça ira.
— Tu es sûre ?
— Oui.
Il resta assis sur le lit à manger, comme s'il avait autre chose à dire. Puis il lui posa une question surprenante :
— Elle a un copain, Jimena ?
— Non.
— M'étonne pas, marmonna-t-il. Allez, repose-toi. Je passerai te voir en rentrant.
— Non ! répondit-elle, trop fort.
Inquiet, il la dévisagea.

– Ce n'est pas la peine, je veux dire. Je dois dormir.
– D'accord.

Il s'en alla. Elle attendit qu'il sorte de la maison et l'entendit fermer la porte d'entrée. Elle courut à la fenêtre pour être sûre et le vit partir dans son van.

Séréna alla dans la salle de bains et mit le loquet. Elle étudia son reflet dans le miroir. Avec ses yeux hagards et écarquillés, elle ressemblait à une insomniaque. Qu'est-ce qui la tracassait ? Elle aurait dû se réjouir. Des pensées étranges chuchotaient sans relâche dans son esprit. Y avait-il un souvenir important qu'elle avait oublié ? Elle n'arrivait pas à se concentrer, sans savoir pourquoi. Elle étala du fond de teint sur ses cernes bleuâtres.

L'image de Stanton apparut brutalement à son esprit, avec une telle clarté qu'elle resta figée un moment. Il lui avait rendu visite dans sa chambre… ou bien tout cela n'avait-il été qu'un rêve ?

Elle mit du mascara, et posa une tiare scintillante sur ses cheveux. Avec ses extensions, elle se plaisait bien.

Elle retourna dans sa chambre. Il lui fallait des chaussures confortables. Ses Doc Martens avec de grosses chaussettes. Elle prit le carton sous son lit et l'ouvrit. Ce qu'elle vit à l'intérieur la stupéfia. Les Doc Martens avaient été portées. Quand les avait-elle mises pour la dernière fois ? Elle essaya de se concentrer sur ses souvenirs lointains.

La pleine lune se leva, apportant un autre souvenir de Stanton. Séréna n'arrivait pas à se concentrer. Ne l'avait-on pas mise en garde ? Contre quoi ?

En temps normal, la lumière laiteuse de la lune la rassurait. Mais ce soir, l'astre semblait l'avertir d'un danger.

Si elle n'y allait pas, elle se demanderait toujours ce qui aurait pu se passer. Il valait mieux suivre la philosophie de Collin : pourquoi pas ? Quand on tombe, on plonge. Rien à craindre. On va jusqu'au bout. Oui, elle irait avec Zahi.

Elle sauta au bas de son lit, enfila un sweat et s'enroula un boa mauve et rose autour du cou. Elle allait s'amuser ! Elle en avait marre de tous ces jeux de gosse au Planet Bang et aux bals du lycée. Elle allait vivre une nuit unique.

En se mettant des paillettes sur le cou et la figure, elle toucha accidentellement son amulette lunaire, et une prière lui vint spontanément aux lèvres : *O Mater Luna, Regina nocis, adjuvo me nunc.*

Elle se rassit. Qu'est-ce qui lui arrivait ? Cette prière ne lui venait qu'à un moment de grand danger.

Elle examina sa chambre, s'attendant presque à découvrir quelqu'un dans un recoin.

On sonna à la porte.

Chapitre 13

Vêtu d'un sweat et d'un pantalon kaki, Zahi se tenait dans l'embrasure de la porte, séduisant comme toujours. Sa présence calma aussitôt Séréna.
— Tu as l'air superbe, admira-t-il.
Elle se dépêcha de fermer la porte puis le suivit jusqu'à sa voiture.
— Tu as les indications ?
— Sur ton siège.
Ils remontèrent la route d'Antelope Valley à tombeau ouvert, puis prirent celle de Pearblossom, traversant une forêt d'arbres de Josué épineux et de cactus. La lune illuminait le paysage aride d'une étrange lueur sous-marine. Séréna baissa la vitre. La sauge du désert se mit à embaumer dans la voiture.
— Regarde !
Zahi lui montrait les lasers bleus et roses qui zébraient le ciel nocturne. Dans le lointain, les tours d'échafaudage ressemblaient à un étrange vaisseau spatial.
— Incroyable, fit Séréna.
En se rapprochant de la rave, ils tombèrent sur un embouteillage. La circulation finit même par s'arrêter. Des vigiles à oreillette agitaient leurs lampes torches pour indiquer le parking. Certains spectateurs, impatients, plantaient leur véhicule dans le sable en voulant se garer sur le bas-côté, ralentissant encore la file.
Le vent sifflait dans l'habitacle, mais la musique portait loin dans le désert.

– On fait demi-tour, on se gare plus haut et on termine à pied, suggéra Séréna, de plus en plus agitée.
– Ça ne te dérange pas de marcher ? demanda Zahi.
– Je suis trop tendue. Ça me fera du bien.
– Interdiction de se calmer, ce soir, lui dit Zahi en souriant.

Il l'embrassa puis fit demi-tour dans un rugissement de moteur, en laissant de la gomme sur l'asphalte.

Une fois garés à l'écart de la circulation, ils se dirigèrent vers la rave. Le vent du désert soufflait autour d'eux, les décoiffant et faisant claquer leurs vêtements. Le boa de Séréna ressemblait à un serpent ailé.

Ils rattrapèrent bientôt un groupe de techno-hippies habillés en fluo, portant des bâtons lumineux et des fleurs phosphorescentes. Le mugissement du vent fut noyé dans des martèlements mécaniques, accompagnés de cuivres. Ils passèrent devant une fille qui vendait des T-shirts avec une devise néo-hippie techno, PARC : Paix, Amour, Respect, Compréhension.

D'autres vendaient de l'eau, des bâtons lumineux, des fusées, des smileys, des bijoux en plastique fluo, et même des tétines.

Un kilomètre plus loin, ils arrivèrent à l'enceinte du concert. Zahi donna les tickets à un homme coiffé d'un chapeau mauve.

Séréna se fondit dans la foule. Le concert, énorme, lui rappelait une foire gigantesque. La musique, plus rapide qu'une mitrailleuse, atteignait les cent soixante pulsations/minute. L'énergie entra en elle tout aussi vite.

Elle se mit à tourner sur elle-même. Zahi la prit dans ses bras et ils se mirent à virevolter comme des fous, jusqu'à se retrouver hors d'haleine. Il l'embrassa.

Ils s'avancèrent dans la foule. Près des amplis, les vibrations se faisaient plus fortes. Séréna les sentait dans sa poitrine, elles envahissaient tout son corps. C'était une sensation aussi étrange qu'agréable. Séréna s'imprégnait autant qu'elle pouvait de cette énergie merveilleuse.

Certains spectateurs se collaient aux amplis, plongeant dans ce rythme sans fin.

Zahi prit la main de Séréna. Ils passèrent à côté d'un groupe de jeunes qui dansaient, tétine à la bouche.

– Pourquoi est-ce qu'ils font ça ? demanda Séréna.

– L'ecstasy fait grincer des dents, expliqua Zahi, c'est pour ça qu'ils sucent des tétines... mais ne t'inquiète pas, nous n'avons pas besoin de drogues, nous. Nous aurons une énergie bien plus pure. Je te le promets.

Sur la scène, un DJ à T-shirt noir, avec de grosses chaînes en or, faisait la navette entre quatre platines. Tout le monde dansait.

Séréna prit son bâton lumineux, mais la musique allait trop vite pour qu'elle puisse l'agiter en cadence.

– Attends, dit Zahi.

Elle ne voulait pas attendre.

– Danse ! lui cria-t-elle par-dessus la musique.

Elle bondit sur lui. Il l'étreignit. Elle regarda ses yeux. Noirs comme la nuit, ils reflétaient la lumière argentée de la lune. Il en devenait presque surnaturel, comme une créature des ténèbres. Pourquoi n'avait-elle pas remarqué avant leur puissance hypnotique ?

Elle sentit son souffle sur ses lèvres. Le vent du désert tourbillonnait autour d'eux, comme s'il essayait de les séparer.

– Tu veux que j'attende quoi ? lui demanda-t-elle.

De toutes façons, il ne pouvait pas l'entendre. Elle ne voulait pas une réponse, mais un baiser. Il approcha ses lèvres.

– Tu te promets à moi ? demanda-t-il.

Séréna se sentit rougir au plus profond d'elle-même.

– Peut-être.

D'abord, elle voulait créer du respect, de la confiance, de l'amour. Rien ne pressait. Elle leva les yeux vers lui et lui passa hardiment les bras autour du cou. Elle voulait bien un baiser.

Il prit son temps, s'amusant de son impatience. Avec ses yeux luisants, il rayonnait d'une beauté sombre. Il posa sa bouche sur la sienne. Un éclair de plaisir foudroya Séréna.

— On va là-bas, dit-il en montrant un petit groupe de ravers sur les pentes raides d'une butte rocailleuse.

Les rochers déchiquetés et les monticules de calcaire se détachaient sur le ciel indigo. Les jeunes dansaient autour d'un feu, dans une sorte de transe néo-tribale. Ça avait l'air amusant.

— D'accord.

Elle ferma les yeux, prête à recevoir un autre baiser, mais il la tirait déjà par la manche.

Ils bousculèrent quelques danseurs qui agitaient des guirlandes, des boas, des drapeaux, des fleurs et des bâtons fluorescents.

Une fois arrivée près du feu, Séréna monta sur un rocher et se remit à danser.

Heureuse d'être venue, elle poussa un hourra. Tout à coup, du coin de l'œil, elle remarqua quelque chose d'étrange. L'un après l'autre, les ravers qui l'entouraient s'arrêtaient de danser pour la regarder fixement.

Leurs yeux jetaient des lueurs phosphorescentes.

Séréna se figea sur place.

Des punks. Des anneaux aux lèvres. À la lumière vacillante du feu, leurs tatouages ressemblaient au bouc qui figurait sur le tarot du diable.

Séréna descendit du rocher. Pourquoi des Suiveurs se trouveraient-ils à la rave, même si c'étaient des jeunes, plus agressifs ? Ils craignaient la pleine lune. À cette période, leurs yeux devenaient phosphorescents et les gens ordinaires pouvaient sentir le Mal en eux.

Séréna se planta devant Zahi, prête à le protéger.

À ce moment-là, le feu lança des flammes rageuses vers le ciel.

— On a un problème, fit-elle à Zahi, en espérant qu'il pouvait l'entendre. Il faut qu'on parte tout de suite. Je ne peux pas t'expliquer. Fais-moi confiance, c'est tout.

Soudain, elle se prit à douter de pouvoir les vaincre tous à elle seule.

Elle voulut éloigner Zahi. Il lui montra la paume de sa main gauche en souriant. Elle portait la marque de son amulette lunaire.

Séréna comprit tout à coup pourquoi le diable, la lune et la papesse étaient sortis. Les cartes lui avaient donné un avertissement. Tout en se reprochant d'avoir été aussi idiote, elle savait qu'une partie d'elle-même éprouvait encore du désir pour Zahi.

– Tu ne serais pas la première déesse à rejoindre l'Atrox, dit-il. (Ou parlait-il directement dans l'esprit de Séréna ? Sa voix était tentatrice, hypnotique.) Tu es plus intelligente que les autres. Même Maggie s'en rend compte. Elle a essayé de te le dire.

Il lui posa la main sur l'épaule. Elle s'écarta.

– Hécate, la déesse-sorcière, vénérait le côté obscur de la lune. Toi aussi, tu peux devenir une adoratrice, dit Zahi. Tout ce qu'il te reste à faire, c'est entrer dans le feu pour devenir immortelle. À quoi te serviraient donc les Filles de la Lune, alors que tu peux gagner encore du pouvoir et avoir la vie éternelle ?

Les flammes se tordaient, dégageant une blancheur étrange, presque translucide. Des étincelles tourbillonnaient, lançant des points rouges vers le ciel.

– *Lecta,* murmura Zahi.

Le feu réagit ; les flammes s'avancèrent vers Séréna comme les bras d'un amant.

– *Lecta* répéta un autre Suiveur.

Un par un, les voix des Suiveurs se fondirent dans l'incantation « *Lecta ! Lecta !* »

La musique des haut-parleurs géants avait disparu. Il n'y avait plus que l'appel du feu et des flammes froides.

Le brasier sembla s'élancer vers le ciel.

– Je veux être fier de toi, dit Zahi d'une voix caressante. Vis avec moi pour l'éternité.

Les flammes rugirent d'impatience.
— Non, dit Séréna. Je n'entrerai pas dans le feu.
— Aucune importance, répondit Zahi avec un sourire malveillant. Je vais t'y emmener.

Il la saisit par les poignets et commença à la tirer vers les flammes. Sa colère sombre rendait son visage encore plus parfait, d'une pure beauté infernale.

Séréna essaya de lutter mentalement, mais il était plus puissant et l'esprit de la jeune fille se mit à vibrer au rythme des pensées de son ennemi. La douleur battait à ses tempes, insupportable. Sa vision se brouilla. Le pouvoir de Zahi pénétra en elle, coupant comme un éclat de verre.

Chapitre 14

Séréna vit la pleine lune, derrière les flammes ondulantes.

– *O Mater Luna, Regina noctis, adjuvo me nunc*, chuchota-t-elle, répétant cette prière comme un mantra.

– Ce n'est pas ça qui va t'aider, Séréna, dit Zahi.

Séréna se trouvait tout près du feu. Elle sentit les vagues de froid.

Elle continua à regarder la lune. Tout à coup, elle sut que Zahi ne pouvait rien contre elle. Même seule, elle était protégée. Elle admira la lumière de la lune, prit une profonde inspiration, et sentit ses pouvoirs monter en elle.

Zahi remarqua ce changement :

– Tu crois que la lune va te protéger ? chuchota-t-il dans son esprit. Regarde bien.

Peu à peu, la lune devenait obscure.

– La lune entre dans l'ombre de la terre, dit Zahi. Cette nuit, il y a une éclipse complète. Pendant deux heures et demie, tu n'auras aucune protection.

Séréna vit l'ombre qui commençait à passer sur l'astre lunaire.

Son pouvoir faiblit.

Zahi lui saisit le poignet.

Il lui fallut résister de toutes ses forces pour l'empêcher de la contrôler. Tout à coup, il traversa sa barrière mentale comme une explosion. Ses pensées l'envahirent, s'emparèrent de son esprit.

Séréna regarda les flammes qui léchaient le ciel nocturne. Elle tomba en léthargie.

Elle hésita, fit un pas en avant. Puis un autre.

– *Lecta*, reprirent les Suiveurs en chœur.

Les flammes se tendirent vers Séréna, l'enserrant dans un froid terrifiant. Elle frissonna. Glacée jusqu'aux os, elle se tenait à la limite du brasier.

En roulant sur ses joues, ses larmes se transformèrent en de petits cristaux de glace. L'esprit de Zahi enveloppa complètement le sien, comme deux ailes noires protectrices, et toute résistance cessa.

Chapitre 15

Des mains puissantes l'attrapèrent par les épaules, la tirant brutalement en arrière. Zahi se retira de son esprit si brusquement qu'elle en éprouva un élancement douloureux. Elle tomba par terre. Délivrée de l'emprise hypnotique, Séréna recula en rampant, tandis que les flammes déchaînées montaient en hurlant vers le ciel.

Stanton se dressait devant elle, protecteur.

Le pouvoir qui émanait de Stanton et de Zahi crépitait dans l'air, comme une ligne à haute tension. Séréna sentit ses cheveux se hérisser sur sa nuque. L'atmosphère devenait étouffante. Elle était encore trop faible pour se lever.

Les Suiveurs fidèles à Zahi se massèrent à ses côtés. Ils ne pouvaient pas attaquer sans son ordre.

Stanton était seul. Aurait-il la force de vaincre Zahi ?

L'air se chargea d'une odeur d'ozone, puis explosa dans un roulement puissant de tonnerre. Le calme retomba. Séréna ignorait qui avait gagné. Elle ferma les yeux.

Stanton courut à elle et l'aida à se relever.

– Vite ! cria-t-il. Il faut qu'on file avant que Zahi récupère.

Elle jeta un coup d'œil derrière elle. Zahi semblait figé dans une sorte de transe.

Elle voulait le fuir, lui et ses Suiveurs, mais en même temps, elle ne faisait pas complètement confiance à Stanton. Pourquoi l'avait-il sauvée ?

– Tu n'as pas encore compris que je te disais la vérité ? lui lança-t-il en colère. Bien sûr que non... Tu ne te souviens de rien, parce que Zahi t'a encore manipulée.

Elle essaya de courir mais ses jambes flageolantes s'y refusèrent. La voyant si faible, Stanton l'emporta dans ses bras.

– On va se cacher là-haut dans les rochers, décida-t-il.

Il monta au sommet d'une butte, portant toujours Séréna. Des prédateurs nocturnes s'enfuirent sur son passage. Les lasers et le feu froid jetaient des ombres étranges sur les monticules rocheux.

Tout à coup, Stanton trébucha et tomba sur elle.

– Désolé, dit-il. Ça va ?

– Non.

Elle avait mal partout. Soudain, elle réalisa qu'il était encore allongé sur elle, son corps tiède contre le sien. Elle ne sentit pas la moindre répulsion. Ses mains étreignirent son dos musclé sans même qu'elle s'en rende compte. Elle fixa ses yeux bleus brillant dans la pénombre, et fut frappée de leur sincérité.

– Stanton, chuchota-t-elle, et au moment où elle prononçait son nom un déluge de souvenirs l'envahit, tourbillonnant avec frénésie autour de chacune de ses pensées.

Stanton ne les lui imposait pas. C'était sa propre mémoire qui se frayait un chemin à la surface, s'évadant d'un endroit obscur caché au plus profond d'elle-même.

Stanton lui caressa la joue, comme s'il savait ce qui arrivait à Séréna.

– Je suis désolée, dit-elle, profondément attristée, car elle se souvenait désormais de toutes les fois où Stanton l'avait mise en garde contre Zahi. J'aurais dû t'écouter.

– Cela t'était impossible, dit Stanton. Il ne t'a laissé de moi que les mauvais souvenirs.

Séréna resta sans bouger, plongée dans sa mémoire retrouvée. Comment pouvait-elle éprouver des émotions pareilles pour une personne qui avait voué sa vie au mal ?

Elle lut la déception sur son visage. Il avait compris son inquiétude. Elle détourna son regard.

– Il faut plus de temps pour que les émotions reviennent, dit-il simplement.

Tout à coup, il lui fit signe de ne pas bouger. Une ombre passa au-dessus d'eux. Elle leva les yeux. Un Suiveur. Avec sa crête orange et ses anneaux dans les sourcils, les lèvres et le nez, il avait l'air dur et inquiétant.

Séréna fit le vide dans son esprit. Si ce Suiveur avait appris à sentir les pensées, il ne pourrait pas repérer les siennes.

Le Suiveur hocha la tête, se frotta les yeux, et elle sut que Stanton manipulait son esprit. Il regarda dans une autre direction puis s'éloigna.

Stanton se mit debout, aida Séréna à se relever, puis jeta un œil derrière le rocher.

L'endroit grouillait de Suiveurs.

– Dans une minute, il y en aura un autre, chuchota Stanton. On va devoir se séparer.

– D'accord.

Séréna jeta un regard à la falaise qui se dressait tout près. C'était une escalade difficile, mais aussi la seule porte de sortie. Stanton se tourna vers elle :

– Si tu sais lire dans les esprits, tu as aussi le pouvoir de brouiller les pensées.

– Je n'ai jamais essayé. Je ne sais pas si j'en suis capable.

– Il faudra t'en servir, si jamais quelqu'un te découvre.

– Mais je ne sais pas comment on fait...

En général, avant d'utiliser ses nouvelles capacités, elle s'entraînait avec les autres Filles de la Lune.

– Je vais faire diversion, dit Stanton. J'espère que Zahi me poursuivra. Il pensera que tu es une proie plus facile, et il reviendra te chercher ensuite.

– Merci, répondit Séréna en le fusillant du regard.

– J'ai dit « il pensera ». Je n'ai pas dit que c'était vrai. Il ne te connaît pas aussi bien que moi. Retourne à la rave et cache-toi dans la foule.

Tout à coup, elle comprit qu'il allait se sacrifier pour la sauver. Il pouvait peut-être vaincre Zahi, mais tous les autres ? Elle lui prit la main :
– À deux, on aurait de meilleures chances.
– Non. Je pourrais me justifier de t'avoir volée à Zahi, parce que l'Atrox encourage la compétition entre ses Suiveurs... mais pas de t'avoir aidée à t'enfuir.
– Les Régulateurs, dit Séréna en frissonnant.
– Il faut que l'Atrox croit que je t'ai enlevée à Zahi pour lui rafler la récompense... et que tu m'as échappé ensuite.
– Fais attention à toi.

Séréna scruta les ombres autour d'elle. Elles avaient l'air normales, mais l'Atrox rôdait toujours, avec ses tentacules de ténèbres qui lui servaient d'yeux.
– Ne t'inquiète pas, la rassura Stanton. *Il* n'est pas là.
– Comment le sais-tu ?
– Des siècles d'expérience, expliqua Stanton avec un sourire sinistre.

Il se leva et hurla :
– *Caprimulgus !*

Séréna traduisit le mot latin : « Trayeur de chèvres ? » Sans la peur qui la faisait trembler, elle aurait presque trouvé cela drôle.
– Crois-moi, c'est une grave insulte, dit Stanton.
– Et si on grimpait en haut de la butte ? On pourrait trouver une meilleure cachette.
– Non, répondit-il fermement. Il vaut mieux nous séparer.

Séréna jeta un œil derrière le rocher. Elle entendit Stanton crier :
– *Caper !*

L'insulte rendit Zahi furieux. Séréna ferma les yeux, mais rien ne se passa. Apparemment, Zahi ne disposait pas

d'un pouvoir suffisant pour attaquer Stanton à cette distance : l'atmosphère restait calme.
– *Caper !* reprit Stanton.
Il faudrait demander à Maggie ce que cela voulait dire.
Stanton lut dans ses pensées :
Je viens de le traiter de bouc... du moins, c'est comme cela qu'un latiniste ordinaire le traduirait. En fait, je l'ai traité de puanteur d'aisselle. Devant son expression dubitative, Stanton ajouta : *Il faut peut-être avoir vécu quelques siècles pour comprendre.*
Il se pencha et déposa un baiser sur son front :
– Bonne chance.
Il fila à travers les rochers. Les Suiveurs lui coururent après. Des cailloux roulèrent sur la pente. Une fois les poursuivants éloignés, elle se leva.
Un Suiveur la saisit. C'était une jeune fille, qui essayait d'avoir l'air mortellement dangereuse avec son noir à lèvres, ses piercings et son crâne à moitié rasé.
– Attends un peu, déesse ! chuchota-t-elle avec férocité, en lui tordant le bras. Zahi ! Je la tiens !

Chapitre 16

La fille tenait fermement Séréna, mais son esprit ne la contrôlait pas. Elle voulut appeler Zahi de nouveau, mais Séréna s'infiltra rapidement dans ses pensées.
L'autre se tut brutalement.
Elle n'avait aucune défense contre Séréna. Son esprit était d'une noirceur et d'un vide terrifiants, totalement soumis à l'Atrox, sans rêves ni projets d'avenir ; seule l'immense étendue déserte des jours se dressait devant elle. Ce n'était qu'une initiée, attendant que l'Atrox l'accepte comme Suiveur. Les convertis récents étaient les plus faciles à sauver. Séréna n'avait pas besoin de rester dans ses pensées pour la contrôler. Elle sortit.
— Tu es nouvelle, non ? lui demanda-t-elle.
La fille fit la moue.
— Il ne t'ont même pas encore appris le contrôle mental. Ils ne te font pas confiance ?
L'autre ne semblait pas comprendre.
— Désolée, fit Séréna, ça va déplaire à ton maître.
Elle rassembla ses pouvoirs et les libéra d'un coup. La fille tituba et glissa contre un rocher. La tête entre les mains, elle fixa les ombres d'un air ahuri, le regard vide.
— Tu me remercieras un jour, lui dit Séréna en se demandant si cette fille avait des parents qui, fous d'inquiétude, attendaient d'avoir de ses nouvelles. Maintenant que tu m'as laissée m'échapper, l'Atrox ne t'acceptera plus dans ses rangs.

Des cailloux dévalèrent la pente.

Séréna leva les yeux. Plusieurs Suiveurs fonçaient sur elle, sautant d'un rocher à l'autre. Au sommet se tenait Zahi, ses cheveux lui giflant le visage. Elle vit et sentit la force de son esprit qui crépitait dans l'air nocturne, jetant des étincelles sur les blocs rocheux. Il la cherchait.

Elle voulut courir mais trébucha.

– Arrête ! hurla Zahi.

Elle ralentit un bref instant. La lune avait presque entièrement disparu. Elle reprit sa course folle, sautant par-dessus les pierres et les cactus. Elle finit par se jeter dans la mêlée des corps bondissants et tourbillonnants. La rave battait son plein.

Tout à coup, elle vit Morgan qui dansait avec deux garçons.

– Morgan ! cria-t-elle, même si elle savait que l'autre ne l'entendrait pas. Elle courut vers elle.

Morgan avait noué ses cheveux avec des guirlandes de Noël et s'était attaché des ailes d'ange dans le dos. Avec son look décalé, elle en jetait comme jamais. Les garçons qui dansaient avec elle portaient des anneaux fluo jaunes, roses et mauves autour des bras et du cou, des brassards réfléchissants, et de grands chapeaux.

– Morgan ! cria encore Séréna.

L'un des danseurs la vit et fit signe à Morgan.

Morgan se retourna vers Séréna, les poings sur les hanches :

– À quoi tu joues ? Tu me suis ? La classe, le style, c'est pas contagieux, Séréna !

– Il faut que je te parle.

– Et si tu retournais au paradis des nazes, avec tes amis à la masse ? cracha Morgan.

– C'est super sérieux, insista Séréna. J'ai besoin de ton aide.

– Sans blague.

– Tu te souviens de ce qui t'est arrivé il y a un mois, à cause des mecs qui traînaient avec Stanton ?

Morgan la regarda avec colère :

– Tu ne vas pas me menacer, maintenant ! J'ai pas peur de toi.

– Mais pourquoi tu aurais peur de moi ? demanda Séréna. C'est les autres…
– Oh, pitié !
Morgan tira sur une chaîne en or qu'elle portait autour du cou. Au bout de cette chaîne pendait une amulette qui ressemblait étrangement à un bouc dressé. Morgan reprit :
– Zahi m'a donné ce porte-bonheur. Il dit que ça éloigne le mauvais œil, et que ça me protège contre ta magie noire.
Du porte-bonheur en question rayonnait un mal démoniaque.
– En fait, je pense que c'est plutôt un porte-malheur, répondit Séréna, soudain inquiète pour Morgan.
– C'est ça ! ricana Morgan. Je me doutais bien que tu allais dire un truc dans ce genre. Ça gêne tes plans ? J'imagine que tu ne peux plus me jeter de sorts. Qu'est-ce que tu voulais ? Que je lâche Collin ? Que je me ridiculise encore une fois ? Je t'en veux à mort. Tu arrives peut-être à tromper les autres, à leur faire croire que tu es une élève comme les autres, qui aime juste s'habiller bizarrement, mais moi, je connais la vérité… et je vais la dire à tout le monde.
Séréna jeta un regard anxieux autour d'elle. Combien de temps avant que les Suiveurs ne la retrouvent ? Morgan était vulnérable, parce qu'elle était déjà entrée en contact avec eux. Séréna ne se sentait pas capable de les affronter tous. Elle saisit Morgan par la main.
– Il faut partir, c'est dangereux ici.
– Le seul danger, c'est toi et ta magie.
Quelqu'un attrapa Séréna par derrière.
Elle poussa un cri.

Chapitre 17

Elle se retourna, prête à affronter Zahi.
C'était l'un des deux guignols de Morgan.
– Alors, t'es sorcière ? fit le type en lui posant d'autorité un bras sur l'épaule. Tu voudrais pas m'ensorceler ?
– Lâche-moi, répliqua Séréna en essayant de le repousser.
– Allez, un petit coup de vaudou, susurra-t-il.
Il essaya de l'embrasser.
– Retourne voir Morgan.
Elle le repoussa de plus belle. Il recula en trébuchant, gratifia Séréna d'un sourire stupide et se mit à danser sur un rythme étrange et saccadé.
Séréna lui tourna le dos et s'éloigna ; elle sentit à nouveau une main sur son épaule.
– Je t'ai dit de me laisser !
Elle se retourna, prête à frapper, et se trouva nez à nez avec Zahi, tout sourire.
– Déesse !
Ses pupilles brillaient, dilatées. Un frémissement parcourut l'air nocturne, et l'énergie de Zahi explosa, projetant des rayons de lumière qui enserrèrent Séréna. Elle comprenait maintenant la manière subtile dont il l'avait contrôlée, lui avait volé ses souvenirs. Avant qu'il attaque, elle rassembla toute son énergie pour pénétrer dans ses pensées. Elle pourrait peut-être brouiller son esprit et profiter de cet instant pour s'échapper. Il ne s'attendait probablement pas à cette riposte.

Elle se lança et sut aussitôt qu'elle venait de commettre une dangereuse erreur. Elle l'entendit rire tandis qu'il se saisissait d'elle. Son pouvoir l'attirait de plus en plus en lui. La rave disparut. Séréna se trouvait dans une froide obscurité. Elle se mit à grelotter. Une présence menaçante émanait des ténèbres. L'Atrox. Les ombres noires comme la nuit serpentaient autour d'elle, la caressant avec tendresse, l'encourageant à avancer. Pourquoi ? Elle fit un pas hésitant, puis un autre, effrayée par ce qu'elle pourrait voir une fois sortie des ombres.

– Regarde, mon élue, lui intima une voix inflexible.

Les ombres s'évanouirent. Séréna se tenait devant un miroir. Elle aperçut son reflet. Elle était différente. Ses yeux verts avaient la profondeur des émeraudes taillées, sa peau parfaite dégageait une étrange lueur. Elle sentit avec effroi tout son potentiel maléfique. Saisie d'une impulsion, elle voulut s'enfuir, mais où ? Elle était prise au piège dans l'esprit de Zahi.

– Regarde, chuchota l'ombre caressante. Regarde ce que je t'offre.

Séréna contempla à nouveau le miroir. Son reflet changea. Elle tenait son violoncelle avec amour. Dans sa main, l'archet courait délicatement sur les cordes. L'image était fascinante.

– Regarde mieux, insista la voix.

Séréna toucha le cadre doré du miroir, et tout désir de fuite disparut. Elle jouait sur une scène, un orchestre symphonique derrière elle, devant un auditoire captivé.

– Tu auras cela.

La voix s'exprimait avec une confiance absolue. Comment l'Atrox avait-il découvert son rêve le plus secret, ce rêve dont elle n'avait même pas parlé à sa meilleure amie Jimena ?

Les vagues musicales déferlaient sur Séréna. Ses doigts dansaient sur les cordes avec maestria. Des larmes perlaient à ses yeux. Oui, voilà ce qu'elle désirait plus que tout au monde, mais elle craignait de ne pas vouloir... de ne pas

avoir le temps pour réaliser ce rêve. Et voilà qu'il était exaucé. La réussite sans sacrifice. Elle ferait tout...
   Quelqu'un la jeta par terre. Le miroir éclata en mille morceaux vaporeux. Son menton heurta rudement le sol. La douleur lui vrilla le crâne.

Chapitre 18

Sa chute l'avait libérée de l'emprise de Zahi. Elle avait mal à la tête. Des petits rayons dansaient devant ses yeux, comme si Zahi essayait de la ramener dans son monde de sombres promesses.
Devant elle, Zahi avait l'air aussi surpris qu'elle.
Elle regarda autour d'elle, sans comprendre ce qui lui était arrivé. Une bande de ravers s'agitait frénétiquement, piétinant le sol. La musique ultrarapide se mit à vibrer dans son corps.
– Jimena ?!
– Tu croyais que j'allais te lâcher ? lui lança son amie.
– Merci.
Les yeux de Zahi brûlaient d'une lueur jaune ; son pouvoir se reformait autour d'elles, mais il ne paraissait plus invincible comme avant.
Jimena et Séréna se concentrèrent pour repousser son attaque mentale. Séréna se perdit dans sa propre puissance, qui remplissait l'air de sa force invisible. Leurs amulettes lunaires, étincelantes de blancheur, lancèrent des traits de feu aveuglants. Des danseurs agitèrent les mains dans leur direction, essayant d'attraper les étincelles rougeoyantes qui flottaient au vent.
Séréna et Jimena lâchèrent toute leur puissance.
Zahi recula, sonné.
– Allez, fit Jimena, on file. T'as assez combattu pour aujourd'hui.

Séréna heurta Morgan. Celle-ci poussa un hurlement et braqua son amulette de bouc dans la direction de Séréna, comme si c'était un couteau.
— N'avance pas ! cria-t-elle.
— Est-ce que Zahi lui a fait quelque chose ? demanda Séréna à son amie en s'enfonçant dans la foule.
— Tu étais dans une espèce de transe quand Zahi te contrôlait, expliqua Jimena, et puis Morgan a vu ce qu'on a fait à Zahi. Elle doit avoir peur que tu lui lances un autre sort.
— Un autre ? Je ne lui ai jamais lancé de sort.
— Ne perds pas ton temps à comprendre Morgan, il faut qu'on file. Sinon, Zahi et sa bande vont nous mettre la main dessus.

Séréna vit Zahi passer son bras sur les épaules de Morgan. Celle-ci ébaucha un sourire timide.
— Il faut qu'on aille chercher Morgan décida Séréna.
Elle fit demi-tour, mais Jimena l'arrêta :
— Regarde !
Morgan cessa de danser pour enlacer Zahi, les yeux dans les yeux. Elle ondulait des hanches, au rythme d'une musique qu'elle était seule à entendre. Zahi lui posa les mains sur la taille, puis jeta un regard à Séréna.
Elle est à moi, maintenant, fit-il dans son esprit.
Séréna voulut se jeter sur lui, mais Jimena la maîtrisa :
— *No seas tonta*. Tu as fait de ton mieux. Il n'a pris Morgan que pour t'attirer. Tu te crois capable de le combattre ?
Les Suiveurs punks de Zahi se regroupèrent autour de lui, lançant des regards furieux aux deux amies.
Séréna finit par suivre Jimena, sous le rire tentateur de Zahi.
Elles fendirent la foule jusqu'aux groupes électrogènes. Les fumées artificielles disparurent, remplacées par une fragrance, celle de la sauge du désert. Elles continuèrent leur marche, au milieu d'une forêt d'arbres de Josué tordus et épineux. L'éclipse jetait une inquiétante lueur rougeâtre sur la lune ronde.

— Comment est-ce que tu as su où j'étais ?
— Chez toi, tout à l'heure, en te touchant le front pour voir si tu avais de la fièvre, j'ai eu une prémonition tellement forte qu'elle m'a presque laissée sur le cul. Je t'ai vue à la rave avec Zahi. Pas besoin d'être un génie pour savoir pourquoi tu avais de la fièvre.
— Je suis vraiment désolée. Mais comment est-ce que tu as su que j'avais besoin d'aide ?
— Parce que tu n'avais jamais fait passer un *vato* avant tes amies. En tout cas, tu ne m'aurais jamais menti. Du coup, j'ai repensé à ce que tu m'avais raconté sur Stanton.
— Quand il m'avait mise en garde contre Zahi ?
— Oui. En plus, Zahi est arrivé au lycée à peu près au moment où ces nouveaux Suiveurs ont débarqué. À ce moment-là, j'ai compris qu'il te contrôlait. J'ai foncé dans le désert comme une fusée. Je serais arrivée plus tôt si j'avais pu me garer sur place.
— Merci, dit simplement Séréna.
Elles arrivèrent à un chemin de terre.
— On n'a qu'à le suivre, dit Jimena, il va nous ramener à la route.
L'endroit était désertique, sans aucune végétation protectrice. Le vent les fouettait sans cesse de ses rafales, leur envoyant de la poussière dans les yeux.
— J'ai vu l'Atrox, dit Séréna, en tout cas je crois. Ce n'était pas si effrayant.
— Ah bon ? demanda Jimena, surprise.
— Est-ce que ça t'arrive de te demander pourquoi on fait tout ça ? Enfin, les Suiveurs passent leur temps à nous traquer, et ça nous pourrit la vie. Qu'est-ce qui se passerait si on disait à Maggie qu'on n'a plus envie de jouer ?
— Impossible. C'est notre destin, tu le sais bien, répondit Jimena d'un air inquiet. D'ailleurs, j'imagine qu'un événement important va nous arriver.

— Mais Maggie ne peut même pas nous en parler. Elle devrait nous dire ce qui nous attend quand on aura dix-sept ans, se plaignit Séréna.
— Peut-être qu'elle ne sait pas.
— Si, elle le sait, répliqua Séréna avec une colère soudaine. Peut-être que l'Atrox, c'est plus facile, après tout.
Jimena empoigna son amie par le bras :
— Qu'est-ce que tu as ? Tu es devenue *loca* ?
Séréna oserait-elle lui dire la vérité ?
— Enfin, pourquoi ne pas devenir reine de la nuit ?
— Parce que !
— C'est pas une réponse. À quoi ça sert d'être bon quand on est tout le temps en danger et quand on ne connaît même pas l'avenir ? Si l'Atrox peut nous donner une telle puissance, pourquoi ne pas être mauvais ?
— Le mal, je connais, répondit Jimena à voix basse. Ce n'est pas la solution.
Elle caressa les cicatrices sur son bras, comme si certains souvenirs ranimaient de vieilles blessures. Elle surprit le regard de Séréna.
— Si tu n'as pas de cicatrices, tu n'as pas vécu.
Jimena resta silencieuse un long moment. Le vent du désert lui rabattait les cheveux sur le visage.
— Au début, je n'avais jamais cherché d'ennuis... mais impossible d'y échapper. J'avais l'impression d'être tombée dans un trou. Je creusais et je creusais en pensant m'en sortir, mais en fait j'allais de plus en plus profond. Puis un soir, à une fête, un type entre et sort un pistolet mitrailleur de sous sa veste ; il se met à tirer. Je te jure, j'avais jamais vu autant de gens mourir. Il a tué deux de mes copines. Alors le lendemain, à l'école, j'ai acheté un flingue. Je suis allée le trouver. Il était tout seul dans sa voiture. Je lui ai tiré dessus. J'aurais vidé le chargeur si mes amis ne m'avaient pas arrêtée. C'est là qu'on m'a envoyée en centre pour la première fois.

– Il est mort ?
– Non, heureusement pour moi. C'est sa voiture qui a tout pris. Mais en sortant du centre, je voulais encore le tuer.
– Tu l'as fait ? demanda Séréna.

Jimena ne lui avait jamais raconté tout cela. Elle croyait qu'on l'avait condamnée pour vol de voiture.
– Je suis sortie, et c'est là que le mal s'est emparé de moi, continua Jimena. Pour faire ce que j'ai fait, je devais être remplie de mal. Tout m'était égal. Je volais des bagnoles, je prenais plein de risques. Certains jours, je me faisais peur moi-même. Impossible d'arrêter. Je n'en avais pas envie. En se conduisant mal, en violant toutes les règles, on se sent invincible. Ça donne du pouvoir... un certain temps... et puis...
– Quoi ?
– Au plus profond de nous, il doit y avoir un refus du mal, parce que ensuite, j'avais l'impression d'être seule au monde, que personne ne pourrait m'aimer après ce que j'avais fait. Pourtant, j'avais besoin de cette sensation de pouvoir... cette impression d'être supérieure à tous les autres, plus habile, plus forte. Comme un vrai gangster.

Elles marchaient en silence, dans les mugissements du vent.
– On m'a de nouveau arrêtée et renvoyée dans un centre, mais cette fois-ci...
– C'était juste avant qu'on se rencontre, ajouta Séréna.
– Oui. Cette fois-ci, quelque chose s'est brisé en moi et j'ai perdu ma colère. J'étais là en cellule, avec des menottes et des fers aux pieds, à regarder le mur gris devant moi, et je me suis dit *je n'ai pas envie de passer ma vie comme ça.*
– Et tes travaux d'intérêt collectif ?
– Après la sortie du centre, mes copines sont passées à l'action. Elles ont volé le sac d'une vieille dame, et les flics m'ont attrapée. Ils voulaient que je parle, mais je n'allais

pas jouer les balances. Cette fois-ci, la juge a vu une lueur différente dans mon regard. Je le voyais à son sourire, comme si elle avait senti que j'avais enfin appris ma leçon. Elle savait que j'avais changé. Elle avait raison. Avant, je n'aurais même pas voulu parler à quelqu'un comme toi, qui respectait les règles. Je me croyais plus maligne parce que moi, je n'avais pas à les respecter. Maintenant, on est copines comme si on se connaissait depuis une éternité.

Séréna posa sa main sur l'épaule de son amie.

– Alors peut-être que ça a l'air génial, ce que t'a montré l'Atrox, continua Jimena. Mais après, quand tu te retrouveras seule, ça le sera moins. Ça ne vaut rien, parce que au bout du compte, tu te retrouves avec rien.

Elles arrivèrent à un carrefour. Une petite maison se nichait au pied d'une rangée de cyprès ondoyants. Un feu brûlait furieusement dans quatre bidons d'essence rouillés, posés dans la cour. Les ombres dansaient au rythme des flammes.

– Qui peut vivre dans un trou pareil ? demanda Séréna.

– Aucune importance. On va passer par la cour.

Elles s'avancèrent. Une ombre apparut sous un cyprès, puis une autre.

– C'était quoi ? demanda nerveusement Séréna.

– Ton imagination te joue des tours, répondit Jimena en riant.

Tout à coup, trois gros chiens noirs jaillirent de l'ombre et foncèrent sur elles, les babines retroussées, en soulevant un nuage de poussière et de graviers.

– *Ay* ! hurla Jimena en se cachant d'un bond derrière Séréna.

– Ici, jolis chiens-chiens susurra Séréna d'une voix apaisante.

Le son de sa voix ne fit qu'énerver davantage les molosses. Ils se mirent à gronder de plus belle. Le premier chien bondit au moment où une vieille femme drapée dans un châle noir sortait de la maison. Le vent s'engouffra dans le tissu, l'emmêlant dans ses longs cheveux blancs.

Séréna sentit l'haleine brûlante du chien sur son visage. Elle se raidit, trop saisie pour courir, et attendit la morsure.

La vieille femme siffla.

Le chien fit demi-tour en gémissant. Les deux autres obéirent aussi. Ils coururent retrouver la vieille femme, qui s'était avancée dans la cour.

Séréna essuya la bave chaude sur sa joue, puis se releva.

— Combattre un mal ancien, ça je peux, marmonna Jimena, mais un bon gros clebs de par chez nous, ça me met les jambes en compote.

— Je suis là, la rassura Séréna.

Pas besoin de se retourner pour savoir que Jimena tremblait aussi fort qu'elle. Les chiens entouraient la vieille femme, lui léchant les mains. Celui qui avait attaqué Séréna se roulait par terre, attendant qu'on lui gratte le ventre.

— Mais c'est qui, cette femme ? fit Jimena à voix basse.

— Je ne sais pas.

— Allez, on s'en va. Les carrefours, c'est *peligroso*. Dangereux.

Pourtant, aucune des deux ne bougea. Une force les retenait. La vieille femme portait trois clés de fer à une chaîne autour du cou. Elle se tourna vers les deux jeunes filles. Les clés émirent un doux tintement.

— Qui a dit que les carrefours étaient dangereux, d'ailleurs ? demanda Séréna, sans pouvoir détacher son regard de cette femme étrange.

— Mon *abuelita*.

— Jeunes filles, lança la femme.

Elles sursautèrent.

— Venez ici, s'il vous plaît, continua-t-elle d'une voix remarquablement ferme et jeune.

— Pour quoi faire ? cria Jimena. Si vous avez quelque chose à nous dire, on peut l'entendre d'ici.

— Elle veut probablement s'excuser pour ses chiens qui nous ont fait peur.

— C'est une sorcière, un spectre, ou *la llorona*, répliqua Jimena.

— Comment tu le sais ?

— Ça se voit, non ?

— Mais non. C'est juste une grand-mère qui vit seule avec ses chiens.

— Vérifie, alors.

— D'accord.

Séréna s'enfonça doucement dans l'esprit de la vieille femme. Impossible. Il n'y avait rien.

— Tu reçois quelque chose ? demanda Jimena avec impatience.

— Non. J'ai dû épuiser toute mon énergie, ce soir. Et toi ?

— Moi aussi, mais pas besoin de prémonition. C'est du pur bon sens. Regarde : une vieille femme bizarre, qui vit seule. J'ai aucune envie d'aller dans sa maison pour voir tous les rats, les chats et les gosses morts dans son frigo. Elle chante probablement en croquant leurs os.

La vieille femme s'approcha d'elles. Ses yeux laiteux, enfoncés, brillaient de sagesse.

— Je vous attendais, fit-elle.

— Ça suffit ! lança Jimena. Je m'en vais.

Séréna la retint par le bras.

— Jeunes filles, avez-vous déjà entendu parler d'Hécate ? demanda la vieille dame.

— Et alors ? répondit Jimena.

— Pourquoi cette question ? fit Séréna, qui ne croyait pas aux coïncidences.

— Elle protégeait les gens, en les empêchant de prendre le mauvais chemin au carrefour.

— On n'est pas sur le mauvais chemin, *viejecita*, répliqua Jimena. Ma voiture est garée là-bas.

— Vous seriez surprise…

Les lèvres flétries de la vieille femme ébauchèrent un sourire. Elle pointa un doigt crochu dans la direction opposée.
— Allez, viens, Séréna.
— Non, je reste, décida Séréna. (Elle avait l'impression étrange que cette femme voulait l'aider.) Va chercher la voiture et reviens me chercher.
— ¿ *Estas loca* ? T'en as pas eu assez pour ce soir ? demanda Jimena, exaspérée.
— Il faut que je lui parle.
— Comme tu veux.

Jimena s'en alla. Séréna suivit la vieille femme à l'intérieur. Les chiens coururent s'allonger sous une table, au milieu de la pièce. La femme ferma la porte pour éviter un tourbillon de poussière qui se formait dans la cour. La porte grinçait sous la violente poussée du vent.

Des dizaines de bougies de différentes tailles et couleurs illuminaient les lieux, baignant la pièce d'une lueur chaude. L'air sentait la vanille et le pin.

La vieille femme s'assit à une table en chêne. Deux assiettes, deux tasses, un plat de petits fours et une théière : elle devait attendre un invité.

— Viens t'asseoir, dit-elle.

Séréna obéit. L'un des chiens posa sa tête sur sa chaussure, sa truffe fraîche contre sa cheville.

La vieille femme leur versa deux tasses de thé. À la lumière des bougies, son visage paraissait triste.

— Vous avez une coupure d'électricité ? demanda Séréna, qui connaissait déjà la réponse.

— Non, je préfère l'obscurité. Disons que pour moi, elle est sacrée.

— Pourquoi ?

— Tout le monde doit traverser l'obscurité pour trouver la lumière. Cela signifie aussi, sans doute, que tôt ou tard, tout le monde doit me demander conseil.

– Vous êtes Hécate ? chuchota Séréna.
– *Hecate*, répéta la femme comme si ce mot éveillait des souvenirs en elle. Non.
– Vous ne souffrez pas de la solitude, en vivant ici ?
– Certains d'entre nous doivent porter un fardeau plus lourd que d'autres, répondit la vieille femme, mais cela peut être une bénédiction.

Séréna buvait son thé, pensive.

– Certains veulent une vie facile ; ils veulent la fortune et la gloire sans aucun effort. (La vieille femme regarda Séréna :) Tu as un rêve, je suppose ?
– Oui.
– Je vois ce que tu désires. Pourtant, cela t'effraie. Tu te demandes si tu pourras travailler assez dur pour y parvenir.

Le vent hurlait sous la porte, faisant trembler les flammes des bougies. Sous la table, les chiens poussèrent des gémissements.

– J'adore le vent, dit la vieille femme. Toutes les femmes possèdent en elles le pouvoir du vent, au plus profond de leur âme. Le problème, c'est...

Elle s'interrompit. Le vent donnait l'impression de soulever le toit. Elle sourit et reprit :

– Le problème, c'est que la plupart des femmes laissent cette force se réduire à une simple brise, là où il faut un ouragan. Quand une femme rassemble et concentre cette puissance, rien ne lui résiste. C'est quand elle s'éparpille qu'elle connaît l'échec.

La maison trembla. Le vent ouvrit la porte, s'engouffra dans la pièce et souffla les bougies. Puis il partit aussi vite qu'il était venu, laissant derrière lui l'obscurité et l'odeur de la fumée.

– Tu vois, dit la femme, en caressant ses chiens, le vent possède une grande puissance quand il rassemble ses forces.

Séréna entendit le rugissement d'un moteur au dehors. Jimena entra. Elle jeta un œil dans la pièce :

– Séréna ?

- Oui ?
- On y va, dit Jimena, impatiente.
Séréna remercia la vieille femme, se leva et sortit. Le vent était tombé. Ce n'était plus qu'un murmure. Dans les bidons rouillés, les flammes s'élevaient paisiblement vers le ciel.
La vieille femme les raccompagna, les chiens sur ses talons. Avant de refermer la porte, elle parla en latin à Séréna :
- *Id quod factum est, infectum esse potest.*
- Que voulez-vous dire ? demanda Séréna.
- Sers-t'en, répondit la vieille femme, en donnant l'une de ses clés à la jeune fille.
- Qu'est-ce qu'elle ouvre ? demanda Séréna.
- Tu le sauras quand tu en auras besoin.
La vieille femme sourit puis disparut derrière la porte.
Sur le chemin du retour, Jimena lui demanda :
- Qu'est-ce qu'elle t'a dit ?
- *Id quod factum est, infectum esse potest.*
Jimena réfléchit un moment :
- Ce qui a été fait peut être défait. Qu'est-ce que cela signifie ?
- Je ne sais pas encore, répondit Séréna.
Tout à coup, elle pensa à Zahi, et elle sut ce qu'elle devait faire.

Chapitre 19

Le lendemain, Séréna appela Zahi pour lui donner rendez-vous au centre commercial Beverly.
Le dimanche matin, la circulation était fluide, l'air plus pur. Quelques nuages gris flottaient dans le ciel. Zahi retrouva Séréna sous l'auvent vert du Hard Rock Café.
– J'ai changé d'avis, lui annonça-t-elle.
Il l'étreignit en chuchotant
– Je le savais. (Il la lâcha, les yeux remplis de satisfaction cruelle :) Dis-le, ordonna-t-il.
– Je vais entrer dans le feu, et je deviendrai la déesse des sorcières.
Une rafale de vent les frappa de plein fouet, faisant tourbillonner la poussière, les papiers gras et les feuilles sèches dans le caniveau. On aurait dit que l'Atrox avait entendu Séréna, et que sa promesse le remplissait d'extase. Mais à ce moment, Séréna croisa le regard surpris de Zahi et se demanda si une force en elle n'avait pas déclenché cette bourrasque.
– *Lecta*, articula Zahi avec un léger tremblement dans la voix. Je viendrai te chercher ce soir. La lune se lève à sept heures. Je me garerai devant chez toi à six heures et demie.
– Entendu, fit-elle.
Puis elle s'en alla. Il la regarda tourner au coin, passer devant les restaurants Todai et Ubon. Elle se dirigea vers le café Chez Jan.
Catty, Vanessa et Jimena l'attendaient dans un box au fond. À l'intérieur, la salle était pleine de monde ; des odeurs agréables de bacon, de café et de jus d'oranges fraîchement pressées

flottaient dans l'atmosphère. Séréna se glissa dans le box, où ses amies avaient déjà commandé des cafés avec des gaufres.
— Ça y est, c'est fait ? demanda Jimena.
— Oui.
— Il t'a dit où vous iriez ? demanda Vanessa.
— Non.
Séréna prit une gorgée de café brûlant, pour lutter contre le froid qui l'envahissait.
— C'est dangereux, dit Jimena inquiète.
— C'est la seule chose à faire, déclara Séréna. Il faut se débarrasser des nouveaux Suiveurs. Zahi est leur chef, et sans lui, ils seront affaiblis.
— Je vais me rendre invisible, proposa Vanessa. Comme ça je te suivrai, et je dirai où tu es à Catty et Jimena.
— J'espère que j'aurai une prémonition avant, ajouta Jimena. On peut pas te laisser comme ça.
— En mettant les choses au pire, dit Catty, je nous ferai remonter le temps et on répétera la séquence jusqu'à ce qu'on y arrive.
Elles sourirent toutes, rassurées, mais Séréna savait que cela ne se passerait pas ainsi. Elles n'auraient qu'une seule chance. Ses amies parurent comprendre.
— Comment est-ce que tu vas tromper Zahi ? demanda Jimena.
— Ben oui, lança Catty, si jamais il lit dans ton esprit, il verra que tu lui tends un piège…
— On devrait en parler à Maggie. Elle habite juste à côté.
— Non, dit Séréna.
Il lui fallait agir sans Maggie, même si elle ne savait pas exactement pourquoi.
— C'est trop tard, j'ai pris ma décision. D'ailleurs, une partie de notre mission consiste à libérer les Suiveurs de leur dépendance envers l'Atrox.
— D'accord, mais on n'est pas censées y laisser la peau, fit remarquer Catty. Maggie nous a toujours aidées.

— Je suis d'accord, ajouta Vanessa. Ça risque d'être beaucoup trop dangereux.
— Moi, Séréna, je marche avec toi, soupira Jimena... mais elles ont raison. C'est dangereux. En plus, j'ai eu une prémonition ; je t'ai vue dans le feu froid.
— Écoutez, les filles, soit vous m'aidez, soit je le fais toute seule.
Les autres acquiescèrent.

Cette nuit-là, Séréna s'habilla pour Zahi. Elle mit du fard vert métallique sur ses paupières, et se peignit même le coin des yeux : elle ressemblait à un jaguar. Deux traits de mascara, du lipstick doré sur les lèvres : elle était prête.
Elle prit une jupe en imitation peau de serpent, avec des reflets noirs. Elle l'enfila, puis s'attacha un plastron de la même couleur sur la poitrine, avec des nœuds au cou et à la taille. Elle peignit des flammes rouges et noires sur ses jambes, et se passa de la crème dorée sur les bras et la poitrine.
Enfin, elle prit le collier qu'elle avait acheté au vide-grenier et se l'attacha dans les cheveux, comme les jeunes élégantes des années 20. Avec les pierreries qui pendaient sur son front, elle avait l'air exotique d'une maharani.
Elle se recouvrit les ongles des mains et des orteils d'un vernis doré, puis se regarda dans la glace. Un spasme d'excitation la parcourut, comme d'habitude. Après ce genre de transformation, son reflet la stupéfiait toujours. Elle ressemblait à une créature spectrale, surnaturelle, avec ses immenses yeux verts, sa peau luisante et ses cils longs et soyeux. Tout en elle paraissait plus puissant et plus raffiné — comme une déesse enchanteresse. Elle n'arrivait plus à se détacher de son reflet. Comme si le guerrier qui se trouvait en elle s'était emparé de la nuit.
Elle saisit son amulette lunaire et la passa autour de son cou.
On sonna à la porte. Elle prit la clé en fer, ses sandales à talons hauts, et se dépêcha de descendre. Autour d'elle, un

faible arc-en-ciel jetait des lueurs chatoyantes. Elle sentait déjà la présence de Zahi derrière la porte, sa volonté maléfique de l'étreindre.

Qu'il attende, se dit-elle. Elle s'assit sur une marche et enfila ses sandales. Le rituel était terminé. Elle était prête au combat.

Elle regarda la clé dans sa main.

– Prête ? chuchota-t-elle à Vanessa qui l'attendait, invisible, près de la porte.

Elle glissa la clé dans sa poche, puis ouvrit la porte. Elle sentit Vanessa qui la contournait, puis sortit à son tour.

Zahi l'attendait, appuyé contre sa voiture. En la voyant, il sursauta involontairement. Un sourire apparut lentement sur son visage. Son regard intense plongea dans le sien, et Séréna y lut le désir. Elle s'avança vers lui.

– Je suis content que tu aies changé d'avis. (Il lui prit la main, la retourna et lui embrassa la paume.) Déesse ! murmura-t-il.

Elle retira doucement sa main, faisant un gros effort pour se vider l'esprit. Elle le sentait parcourir ses pensées, sans hâte.

Il ouvrit la portière. Elle monta et allongea les jambes, exprès. Sa jupe se retroussa sur ses cuisses. Elle le vit qui la regardait ; elle s'arrêta seulement lorsqu'elle sentit un souffle glacial dans son dos. Vanessa venait de monter dans la voiture.

– Je suis prête, annonça-t-elle avec coquetterie.

– Tentatrice, répondit-il avec un sourire vicieux.

Il mit le contact. Le moteur gronda. Zahi s'engagea dans la rue à toute allure, et prit la direction de Fairfax.

Séréna se détendit. En le voyant lui jeter des regards en coin, elle ne put s'empêcher de sourire. Les phares, les lampadaires et les enseignes au néon faisaient danser des ombres dans la voiture.

– Ton esprit semble vide, ce soir, commenta-t-il.

Il lui posa une main caressante sur les genoux.
— Euh, commença-t-elle, eh bien…
— Inutile d'être aussi nerveuse, la rassura-t-il.
Sa main remonta sur la cuisse de Séréna.
— Et quand je deviendrai Suiveur, qu'est-ce qui se passera ? demanda-t-elle.

Un mouvement dans son dos attira son attention. Accroupie derrière le siège conducteur, Vanessa redevenait peu à peu visible, sous l'effet de la peur et de la nervosité.
— Quoi ? demanda Zahi.

Il jeta un regard soupçonneux à Séréna.
— Mes amies vont me manquer, lança Séréna trop fort.

Elle se concentrait pour distraire son attention, tout en se vidant l'esprit.
— Tu t'en feras de nouvelles, l'assura-t-il. (Il jeta un œil à l'arrière :) Qu'est-ce que tu regardes ?

Rien, chuchota-t-elle en vérifiant malgré elle.

Vanessa était redevenue invisible. Séréna essaya de se détendre.

Ils arrivèrent au carrefour de Wilshire Boulevard et Curson Avenue. Zahi se gara à côté du Page Museum, où se trouvaient les puits de bitume de La Brea.
— C'est ici ? demanda Séréna.
— C'est ici.

Il sortit de la voiture, fit le tour, ouvrit la portière de sa passagère et l'aide à sortir du véhicule.

Il voulut claquer la porte. Elle le retint. Il lui jeta un regard bizarre.
— La tête m'a tourné, expliqua-t-elle en espérant que son ton ne la trahissait pas.

Il avait failli assommer Vanessa.
— Ce sera bientôt fini. (De ses yeux jaunes luisants, il détaillait hardiment le corps de Séréna sans même chercher à se dissimuler.) Ensuite, tu seras mienne pour l'éternité.

Le cœur de Séréna se mit à battre la chamade.

Elle sentit un courant d'air : Vanessa était sortie de la voiture. Séréna claqua la portière :
— Allons-y.
Ils contournèrent les puits de bitume, passant devant des statues de mammouths en train de boire.
En s'approchant du Page Museum, Séréna vit des flammes bleues et oranges exploser dans le ciel nocturne. Une pluie ardente les recouvrit comme de la neige, baignant le parc d'une lueur ambrée.
Elle sentit une brise passer dans ses cheveux. Vanessa partait chercher Catty et Jimena.
Ils se rapprochèrent des flammes.
Les Suiveurs de Zahi se retournèrent, un sourire de bienvenue aux lèvres. Le manque se lisait dans leurs yeux jaunes. Elle crut voir Morgan dans la foule, mais celle-ci se cacha derrière deux autres.
Le feu sentit sa présence et s'embrasa, affamé. Ses flammes froides s'enroulèrent autour d'elle, la faisant frissonner. Là où les flammes l'avaient caressée, elle vit des traces de gel.
— Entre dans le feu ordonna Zahi.
Il lui fallait attendre le retour des autres Filles de la Lune avant de marcher dans le feu. Sinon, son plan ne marcherait pas.
— On ne fait pas la fête, avant ?
Séréna faisait de son mieux pour aguicher les autres Suiveurs, qui semblaient désireux de faire autre chose que contempler les flammes...
Elle se rendit compte, mais trop tard, qu'elle avait baissé la garde. Zahi était entré dans son esprit, et comprenait maintenant pourquoi elle voulait prendre son temps ! Furieux, il lui arracha son amulette lunaire, et la repoussa en arrière. Elle trébucha et tomba dans le feu.
Les flammes s'élancèrent en rugissant et l'aspirèrent vers le centre du brasier.
Elle essaya de reprendre son souffle, mais l'air était d'un froid mordant. Le feu l'encercla. Chaque fois qu'elle

voulait s'enfuir, d'autres flammes apparaissaient. Elle finit par se perdre dans ce brasier glacial. Ses doigts s'engourdirent. Le gel collait à sa peau, formant des dessins cristallins qui luisaient, jaunes et rouges. Une douleur lancinante envahit son corps. Au moment où celle-ci devenait insupportable, une sensation agréable pénétra enfin son être. Elle frémit. Puis elle passa avec délice ses mains sur son corps, sur ses seins, ses hanches, ses cuisses. Le désir s'empara d'elle, puissant et maléfique.

– *Lecta*, déclama Zahi.

La cérémonie commença.

Chapitre 20

Séréna luttait contre la caresse des flammes, dont l'ardeur féroce la dévorait. Tout à coup, le crépitement du brasier s'arrêta, remplacé par la musique de son violoncelle, qui emplit son esprit d'une douce promesse. Séréna cessa de lutter. Le feu l'enveloppa d'une étrange sensation de puissance. Toutes ses inquiétudes se consumèrent, lui donnant une force nouvelle.

Derrière le rideau de flammes, Zahi ébaucha un sourire triomphant.

Brusquement, Séréna lui attrapa le bras.

Zahi n'avait pas deviné ce qu'elle allait faire, car l'Atrox avait rempli de musique l'esprit de sa victime. Au moment où Séréna le tirait dans le feu, une expression de surprise totale et de peur atroce passa sur son visage.

Les flammes affamées mugirent, puis explosèrent en un éclair aveuglant. Un froid perçant émanait à présent du centre du brasier. Des étincelles tombaient sur les arbres et les pelouses, allumant d'autres foyers.

Séréna se colla contre Zahi.

– *Id quod factum est, infectum esse potest.*

– Non ! ! hurla Zahi.

Séréna répéta ses mots, et le feu se transforma en un maelström tourbillonnant aux couleurs hurlantes qui se succédaient à une vitesse sans cesse plus grande.

– Ce qui a été fait peut être défait ! répéta Séréna, tandis que les flammes la fouettaient de leurs langues froides.

Au loin, les sirènes des pompiers déchirèrent le silence nocturne.

Derrière le tourbillon, Séréna vit Vanessa, Jimena et Catty qui couraient vers elle. Elles ressemblaient à de véritables divinités : Vanessa en bleu chatoyant, Jimena dans une tenue argentée comme l'éclair, et Catty en rouge cramoisi. Leurs cheveux ondulaient au rythme de leur course.

Une voiture de police au gyrophare allumé arriva dans le parc. La sirène s'arrêta et des agents bondirent hors de la voiture. Certains des Suiveurs s'enfuirent, dont Morgan.

Séréna attrapa la main de Zahi et regarda sa paume. Le tatouage laissé par l'amulette lunaire avait disparu. Zahi était redevenu mortel. Séréna le poussa hors du feu.

Il tituba et Jimena se saisit de lui. Les Suiveurs restants l'entourèrent, inquiets. Puis, un par un, ils se dispersèrent rapidement.

Le premier camion de pompiers se gara non loin de là, suivi de deux autres.

Des hommes casqués, vêtus de leur tenue protectrice jaune à bandes fluorescentes, commencèrent à attaquer le feu avec leurs lances d'incendie.

Séréna voulut sortir du brasier, mais les flammes la retenaient, presque comme des mains humaines ; elles l'invitaient à rester parmi elles. Les couleurs et les étincelles devinrent hypnotiques. Séréna sentit sa conscience sombrer dans un abîme glacial. Elle cessa de résister. Elle inspira le feu, sentant le froid envahir ses poumons et se nicher dans sa poitrine, pareil à une fleur de cristal bleu.

Jimena, Vanessa et Catty l'observaient, horrifiées. Leurs amulettes lunaires scintillaient.

Séréna sortit des flammes et s'étira voluptueusement. Quel effet cela faisait-il d'être éternelle ? De voir le prochain millénaire, et celui d'après ? Elle ouvrit les yeux, et croisa le regard effrayé de Jimena. Elle sut alors que ses propres yeux étaient devenus phosphorescents.

Elle se souvint de la promesse de l'Atrox, mais avait désormais perdu tout intérêt pour le violoncelle. Elle se demandait pourquoi elle perdrait son temps à des idioties pareilles.

Les Suiveurs en fuite hésitèrent, sentant sa nouvelle puissance. Quelques-uns revinrent vers elle en courant.

Séréna ramassa l'amulette que Zahi avait jetée. Son contact lui brûla la peau. Elle regarda sa paume : elle portait une empreinte lunaire, gravée au fer rouge. Elle lâcha l'amulette. Catty la ramassa.

Tandis que le pouvoir de l'Atrox continuait de croître en elle, elle observa ses amies indécises, se repaissant de l'angoisse qu'elle lisait sur leurs visages.

– Déesses ! ricana-t-elle.

Poussant un cri joyeux, elle s'apprêta à combattre celles qui avaient été ses meilleures amies.

Chapitre 21

À la lueur vacillante des flammes, Catty, Vanessa et Jimena échangèrent un regard inquiet. La peur qu'on lisait dans leurs yeux reflétait le changement qu'elles avaient lu dans ceux de Séréna. Même Zahi, étendu sur l'herbe, paraissait la craindre.

Séréna sourit avec mépris. Elle leur donna une petite poussée mentale, pour démontrer son nouveau pouvoir.

Vanessa recula d'un pas, mais Catty resta de marbre.

— Tu ne m'impressionnes pas, fit-elle.

Jimena intervint :

— Il faut vite qu'on remette Séréna dans le feu, avant que les pompiers viennent l'éteindre.

— Pourquoi ? demanda Vanessa.

— Pour brûler son immortalité. On n'obtient pas l'immortalité sans se donner complètement à l'Atrox.

Sans quitter Séréna des yeux, Jimena s'avança d'un pas résolu.

Voyant la détermination de Jimena, Séréna éclata d'un rire moqueur.

— À mon avis, elle ne va pas vouloir, dit Vanessa d'un air inquiet.

— On la forcera, répliqua Catty.

Séréna, provocante, lança à Jimena :

— Tu crois encore que c'est toi la plus costaud des déesses ?

Jimena ne répondit rien.

Séréna lança une autre attaque mentale, mais cette fois, Jimena s'était préparée et para le coup.

– Alors c'est la guerre, dit Séréna d'un ton réjoui.

Catty alla rejoindre Jimena.

Vanessa les arrêta :

– Séréna est une *Lecta*, une élue.

– Et alors ? demanda Jimena d'un air impatient.

– Elle a été invitée dans le feu, expliqua Vanessa. Maggie a dit que si on n'est pas invité, les flammes vous tuent d'une mort horrible. Si jamais le feu touche l'une d'entre vous — d'entre nous...

– Je n'ai pas peur d'elle, répliqua Jimena sans l'ombre d'une hésitation. C'est rien qu'une idiote mal élevée, et elle va retourner dans le feu !

Elle s'avança encore.

Séréna hésita une fraction de seconde. Elle se demanda ce qui poussait Jimena à prendre le risque d'une mort atroce pour la sauver. Puis elle concentra sa puissance jusqu'à sentir des ondes autour d'elle.

Tout à coup, Jimena bondit sur elle et lui saisit le bras.

Séréna rassembla toute sa force mentale puis la projeta sur Jimena, en une flèche de pure énergie invisible. Jimena accusa le coup, mais ne relâcha pas sa prise.

Catty surgit à ses côtés et attrapa l'autre bras de Séréna.

– Non ! hurla celle-ci.

Le cri, d'une puissance et d'une colère qui l'épouvantèrent, lui écorcha la gorge. Ce n'était pas sa voix. Catty et Jimena la tiraient vers les flammes. Un pompier les arrêta.

– Mais qu'est-ce que vous faites là, les filles ? leur lança-t-il derrière son bouclier pare-feu.

Sans même lui jeter un regard, elles continuèrent à tirer Séréna vers les flammes.

– Reculez ! cria le pompier en s'élançant, le tuyau à la main.

Arrivé à trois mètres du feu, il leva son bouclier et agita une main en l'air. Une expression abasourdie apparut sur son visage.

– Froid ! C'est froid ! balbutia-t-il.

Deux autres pompiers arrivèrent en courant et se saisirent de la lance à incendie. L'eau en jaillit, frappant les flammes.

Le feu consuma l'eau dans un sifflement violent, et se transforma en une colonne tourbillonnante.

– Il faut y aller maintenant ! lança Jimena en tirant à nouveau Séréna.

Mais un policier les repoussa pour les éloigner du brasier ; elles se retrouvèrent derrière une barrière placée là pour contenir la foule de curieux. Au-dessus d'elles, un hélicoptère éclairait la scène chaotique du rayon de son projecteur. Les camionnettes de télévision déployaient leurs antennes ; des journalistes parlaient à toute allure dans leurs micros.

Un présentateur de télévision, le dos tourné à des jeunes qui faisaient coucou aux caméras, déclara :

– Les pompiers ont changé de tactique. Au début, ils pensaient que l'incendie avait été déclenché par un groupe de jeunes marginaux. À présent, ils savent qu'il s'agit d'un feu de pétrole brut, probablement causé par une explosion de gaz méthane ou des puits de bitume voisins. Les pompiers sont en train de répandre une mousse synthétique sur les flammes, et ne semblent pas craindre qu'elles atteignent le County Art Museum ou le Page Museum.

La caméra se tourna vers les pompiers qui répandaient la mousse. Les flammes vacillèrent. La fumée se répandit dans l'air, jouant avec la lumière blanche des projecteurs des hélicoptères de la police et de la télévision.

Séréna se passa la main dans les cheveux avant de se tourner vers les Suiveurs qui s'étaient rassemblés autour d'elle.

– Il va vous falloir faire mieux que ça, lança-t-elle aux trois Filles de la Lune avec un sourire effronté.

Puis elle vit Zahi, à côté de Jimena. Ne tremblait-il pas ? Elle poussa un sifflement menaçant. Il recula.

– Quand je pense que j'avais peur de t'embrasser !

Elle éclata d'un rire écœuré. Ses Suiveurs l'imitèrent. Leur chœur glacial emplit la nuit.

– Mes chères divinités. J'aurai bientôt — mais pas cette nuit — le plaisir de vous détruire, conclut Séréna.

Elle s'en alla, affichant un air arrogant, se délectant des regards que lui lançaient les hommes, jeunes et vieux.

Elle se retourna une dernière fois :

– Pensez bien à remercier Maggie de tout le temps qu'elle a passé avec moi, à développer mes pouvoirs. Je suis sûre que ça me servira.

Séréna sourit avec méchanceté puis s'en alla.

Chapitre 22

Quelques mètres plus loin, Séréna sentit un picotement sur sa peau. Elle se retourna : Vanessa courait devant les caméras de télévision... avant de se dissoudre en un brouillard chatoyant.

Pourquoi faisait-elle cela ? Vanessa avait toujours craint, plus que tout, d'être aperçue au moment de devenir invisible... et voilà qu'elle exhibait son pouvoir ! Pourquoi ?

En quelques pas de danse, Vanessa s'éloigna des journalistes, passa en coup de vent derrière les pompiers, puis disparut et réapparut çà et là, comme une artiste de cirque.

Les pompiers arrêtèrent de répandre leur mousse. Le premier recula sans faire attention, bousculant son collègue.

Les cameramen et les présentateurs sautèrent les barrières, sans écouter les policiers. Ils coururent vers le feu pour fixer ce miracle sur leur pellicule. Le chaos s'empara de la scène. Vanessa s'éloigna, écartant de plus en plus la foule des flammes faiblissantes.

Profitant de la confusion, quelqu'un plaqua Séréna au sol. Jimena !

Avant que Séréna ait pu la repousser, Catty lui passa son amulette lunaire autour du cou. Séréna voulut l'arracher, mais Catty lui prit les mains. La lune argentée brûla Séréna. La douleur l'empêcha de se concentrer sur ses pouvoirs. Jimena et Catty la tirèrent dans les quelques flammes vacillantes, tandis que la foule regardait Vanessa faire sa danse invisible.

Le feu siffla, essayant de repousser Séréna. Mais Jimena l'étreignit encore plus fort et avança dans le brasier, immobilisant Séréna.

– *Id quod factum est, infectum esse potest*, répéta Jimena, d'une voix de plus en plus faible.

Le feu poussa un hurlement de rage. Séréna sentit son corps parcouru de spasme, sous la morsure du froid qui lui retirait son immortalité. Lentement, elle sortit de l'abîme hivernal où elle était plongée. Elle vit de nouveau son avenir se profiler, au lieu d'une suite de jours sans fin. Le temps lui parut soudainement plus précieux, la nuit plus belle. Tandis que les flammes consumaient son immortalité, son allégeance à l'Atrox s'évanouissait, puis son amulette lunaire cessa de lui brûler la peau. Tout à coup, elle vit Jimena debout au milieu des flammes, se tordant dans d'atroces douleurs.

– Non ! hurla-t-elle.

Jimena voulut sortir du feu de glace, mais il reprit de plus belle, refusant de la laisser partir. Les flammes, comme des tentacules, s'enroulaient autour de ses membres, la paralysant peu à peu. Séréna se concentra, rassembla ses forces et déclencha une violente bourrasque qui éteignit le brasier.

Elle tira Jimena sur l'herbe et s'agenouilla à ses côtés.

Son amie était en train de mourir.

Chapitre 23

Catty se pencha sur elle :
– Ça va aller ?
– Je ne sais pas, répondit Séréna, saisie d'un malaise soudain.
– Je devrais peut-être remonter le temps avec elle, proposa Catty.
Ses pupilles se dilataient déjà.
– Non, chuchota Séréna.
Trop tard. L'air vibrait autour d'elle, Catty s'apprêtait à remonter le temps. Soudain, Séréna se souvint de la clé :
– Attends.
Elle la prit et la passa autour du cou de Jimena.
– Qu'est-ce que tu fais ? lui demanda Catty. Je vais la rattraper avant qu'elle entre dans le feu.
– Non, c'est trop tard pour ça.
– Compris.
Les vibrations cessèrent. Une larme roula sur la joue de Catty et tomba sur le bras de Jimena.
– Qu'est-ce qu'elle fera, cette clé ?
– Elle ouvrira la bonne porte et nous la ramènera... j'espère.
Un chœur d'exclamations étonnées leur fit lever la tête. Vanessa était devenue complètement invisible. Le spectacle était terminé. Les policiers repoussèrent la foule derrière les barrières. Dans quelques minutes, les premiers secours arriveraient pour sauver Jimena. Une intuition empêchait

Séréna de laisser son amie partir, pas avant que Jimena n'ait trouvé la porte dans le noir et n'ait utilisé la clé pour l'ouvrir et revenir à la lumière.
— Regarde chuchota Catty.
De la clé se mirent à jaillir des rayons de lumière bleue, puis celle-ci disparut.
Un moment s'écoula, puis Jimena ouvrit les yeux, parcourue d'un frisson étrange.
— Hé, murmura-t-elle dans un faible sourire. Je t'ai montré que c'est encore moi la plus costaud.
— Ça, c'est sûr, répondit Séréna en poussant un soupir de soulagement. Tu peux pas savoir comme je suis contente de te revoir.
— Attention, ils arrivent, les prévint Catty.
Des ambulanciers couraient vers elles.
— Allez, on file, dit Séréna. Tu peux marcher, Jimena ?
— Si j'ai survécu à ça, je dois pouvoir marcher, répondit Jimena, mais ses jambes se dérobèrent et Séréna dut l'aider à se redresser.
— Où est Vanessa ? demanda Séréna.
— Elle a dit qu'on la retrouverait à la voiture, l'informa Catty en aidant Jimena.
Les trois amies fendirent le groupe des pompiers et des journalistes et arrivèrent à la voiture de Jimena. Vanessa les attendait, rouge et hors d'haleine.
— Tu as été excellente ! lui lança Catty.
Elles s'engouffrèrent dans la voiture et Jimena démarra dans un rugissement de moteur.
— Tu t'es comportée comme une horrible pétasse, dit Jimena à Séréna.
— Je suis désolée, répondit Séréna, parfaitement consciente qu'aucun mot ne serait assez fort pour remercier ses amies.
— Je m'en souviendrai toute ma vie, déclara Catty. Tu nous dois une fière chandelle.

– J'arrive pas à croire que tu aies pris un risque pareil, dit Séréna à Jimena. Aller dans le feu, quel délire !
– Et Vanessa ? demanda Catty.
– C'est vrai ça, reconnut Séréna en se tournant vers Vanessa. Tu as toujours eu peur que les gens te voient devenir invisible.
Vanessa lui lança un sourire triomphant :
– Dès demain, tout le monde pensera que c'était une illusion d'optique, avec l'incendie et les projecteurs des hélicoptères. Personne ne voudra croire que je suis vraiment devenue invisible.
– Sauf s'ils t'embrassent avant... la taquina Catty.
– Vanessa a raison, ajouta Jimena. Tout le monde croira que c'était un truquage.
Séréna réfléchit un moment puis demanda à Jimena :
– Comment est-ce que c'était ?
– Tu veux dire, quand je suis partie ?
– Oui, où est-ce que tu es allée ? demanda Catty, frissonnante. Et comment est-ce que tu es revenue ?
– C'est Hécate, dit Jimena. Elle m'a montré le chemin du retour. J'avais la clé de Séréna, mais c'est Hécate qui m'a indiqué la bonne porte.
Séréna regardait par la vitre. Elle se sentait toujours coupable.
La voiture s'arrêta à un feu rouge. Jimena prit la main de son amie :
– Tu aurais fait la même chose pour moi, murmura-t-elle.

Collin regardait les informations à la télévision au moment où Séréna et Jimena entrèrent.
– Qu'est-ce que vous faisiez si près des explosions de méthane ? demanda Collin.
– Il faut que je te dise la vérité, répondit Séréna en le regardant sérieusement. Je suis une déesse, et ce soir, j'ai failli devenir la déesse des sorcières.
Collin lui jeta un regard bizarre, puis éclata d'un de ses grands rires. Il l'embrassa :

— Tu as l'imagination la plus tordue que je connaisse, mais j'aime aussi ça chez toi.

Il se tourna vers Jimena :

— Et toi, tu es une déesse, aussi ?

— En as-tu jamais douté ? lui demanda Jimena en lui décochant un doux sourire.

Séréna adorait l'aisance de son amie avec les garçons.

— Je l'ai toujours su, admit Collin dans un sourire. Bon, on se fait un plateau-télé ? Il y a la nuit de la science-fiction qui commence dans vingt minutes.

— Pas de problème, dit Jimena.

— Pourquoi pas ? ajouta Séréna, heureuse que son frère et sa meilleure amie finissent par s'entendre.

Chapitre 24

Le lundi suivant, Séréna vit Zahi au lycée. L'air gêné, il bafouilla une excuse.

— Pourquoi ? lui demanda-t-elle en posant sa main sur la sienne.

— Merci, dit-il enfin.

— De rien.

Zahi lui fit un sourire timide et s'en alla.

Là-dessus, Morgan s'avança vers elle d'une démarche provocante, portant un pantalon noir moulant et un haut brillant en peau de serpent, son amulette à tête de bouc pendant fièrement à une grosse chaîne en or. La nuit des flammes froides, Séréna l'avait chassée avec les autres Suiveurs. Elle savait que Morgan faisait partie de leur groupe désormais.

— Je sais ce que tu lui as fait, siffla Morgan d'un air accusateur, mais je le récupérerai !

Elle prit son amulette et l'agita sous le nez de Séréna comme pour la défier.

— Je ne te laisserai pas faire, la prévint Séréna.

— C'est officiel, alors, Séréna ? Nous allons enfin nous battre !

— Je n'ai jamais voulu me battre avec toi, Morgan. C'est toujours toi qui as commencé, avec ton agressivité. J'aurais voulu être ton amie...

— C'est ça, ricana Morgan. Et maintenant, essaye de m'arrêter.

Elle fit volte-face dans un claquement de talons et courut après Zahi.

— Morgan obéit à l'Atrox, maintenant, commenta Jimena.

Séréna se retourna, surprise de voir Jimena et Catty juste derrière elle. Elles échangèrent un regard triste.

— Tu crois qu'elle va ramener Zahi à l'Atrox ? demanda Catty, inquiète.

— Pas tant qu'on sera là, la rassura Jimena.

— Je ne crois pas, ajouta Séréna. J'ai regardé dans l'esprit de Zahi. Je n'arrive pas à lire ses pensées parce qu'elles sont toutes en français ou en arabe, mais en tout cas, je n'ai rien ressenti. L'Atrox a disparu.

De l'autre bout du couloir, Morgan foudroya Séréna du regard, puis lui lança un sourire de défi. *À plus tard*, chuchota-t-elle mentalement.

— Qu'est-ce qu'elle a, Morgan ? demanda Vanessa qui venait d'arriver.

— Elle est soumise à l'Atrox, désormais, déclara Jimena, d'une voix tremblante de colère.

Le visage de Vanessa s'assombrit.

— On a essayé de la protéger, la consola Séréna.

— C'est vrai, reconnut Vanessa.

— Et tu as ramené Zahi, dit Catty à Séréna. C'est le plus important.

— Non, on l'a ramené toutes les quatre, corrigea Séréna.

Michael arriva vers elle, tout sourire. Il enlaça Vanessa et lui donna un léger baiser :

— Salut, ça va ?

— À demain, les filles, lança Vanessa à ses amies avant de s'en aller avec Michael.

— Je suis en retard, annonça Catty. Je travaille avec ma mère, cet après-midi.

Elles se séparèrent. Jimena se tourna vers Séréna :

— On va quelque part ?

— Non, j'ai une affaire à régler, répondit Séréna. Tu veux bien nourrir Wally ?

– Bien sûr. Tu veux que je t'emmène en voiture ?
– Non merci, on vient me chercher.

Séréna sortit du lycée et s'assura que personne ne la surveillait. Elle prit une rue perpendiculaire et retourna à La Brea au pas de course.

La voiture de Stanton était garée devant la boutique de hotdogs de Pink. Le soleil de fin d'après-midi jetait des reflets sur la carrosserie noire métallisée. Stanton leva les yeux et sourit. Il alla vers elle et l'enlaça tendrement. Elle se blottit contre lui, savourant sa douceur. Il embrassa ses cheveux et elle leva les yeux vers lui, plongeant son regard dans le sien, sans aucune défiance à présent.

– Allons-y !

*Impression réalisée sur CAMERON
par BRODARD ET TAUPIN
La Flèche
en août 2004*

Imprimé en France
Dépôt légal : septembre 2004
N° d'impression : 25490